Schrödingers Katze, Sinatra & die dubiose Schokolade

Von Oliver J. Petry

Buchbeschreibung:

Wieso packte der Nobelpreisträger und bekennende Tierfreund Erwin Schrödinger eigentlich eine Katze in die imaginäre Kiste?

Warum sollte man insbesondere auf den Philippinen bestimmte Lieder nicht zum Besten geben?

Weshalb kann es gefährlich sein, jedem gehypten Trend hinterherzulaufen?

Drei Fragen, die dieser Roman durchaus beantworten kann!

Über den Autor:

Oliver J. Petry wurde 1965 in Saarbrücken geboren und ist seiner saarländischen Heimat bis heute treu geblieben. Der Kfz-Prüfingenieur und Sachverständige betreibt im Nordsaarland eine kleine Prüfstelle. Seine spannenden Kurzgeschichten und Romane sind von seiner Liebe zur Technik, Musik, Natur, Tieren und Kunst geprägt.

Schrödingers Katze, Sinatra & die dubiose Schokolade

von Oliver J. Petry

Für loyale Freunde und Lebensretter
Dankbarkeit & Liebe

1. Auflage, Mai 2025

Kontakt: petry@email.de

© Cover, Titel und Text von Oliver J. Petry

© alle Rechte vorbehalten.

Verlag: BoD · Books on Demand GmbH,
Überseering 33, 22297 Hamburg, bod@bod.de
Druck: Libri Plureos GmbH, Friedensallee 273,
22763 Hamburg

ISBN: 978-3-8192-7848-8

$$i\hbar\frac{\partial}{\partial t}\Psi = \hat{H}\Psi$$

Kapitel 1

Schrödingers Katze

»It's raining cats and dogs!«, dachte Erwin seufzend, während er einen Brief zu Ende schrieb. Schwerer englischer Regen prasselte vehement gegen die Fensterscheibe. Oh ja, gerade schüttete es draußen wie aus Kübeln. Doch drinnen war es mollig warm. Herr Schrödinger saß gut gelaunt an seinem Schreibtisch. Beinahe bettfertig trug er seinen karierten Pyjama und seine geliebten grauen Filzpantoffeln. Es war schon recht spät, aber er wollte den soeben verfassten Brief an Albert noch unterschreiben, in einen Umschlag stecken und abschließend frankieren. Das tat der Mann auch, nachdem er seine runde Nickelbrille zurechtgerückt hatte. Doch bevor er den Federhalter ablegen konnte, war aus dem Flur, der sich unmittelbar vor seinem hell erleuchteten Arbeitszimmer befand, ein lang gezogenes, ja beinahe klägliches Heulen zu hören. Der Mann stutzte kurz, versuchte allerdings, diese Störung weitestgehend zu ignorieren. Die Geräuschquelle kannte Erwin nur zu gut und er verstand auch recht schnell, an wen oder was sich das wiederkehrende Jaulen richten sollte. Langsam legte er den Füllfederhalter äußerst akkurat, beinahe parallel, ja nahezu pedantisch zur Schreibtischkante ab. Genauso bedächtig wie kontrolliert stand er gleich danach auf, um augenblicklich genervt loszubrüllen. »Verdammt Burschie! Was machst du denn für einen ungeheuren Krach da draußen? Ich bin doch hier am Arbeiten!« Natürlich war Erwin durchaus bewusst, dass sein zweijähriger Collie kein Wort von dem verstand, was da gerade lautstark über seine Lippen kam, aber der Wissenschaftler musste seinem Unmut irgendwie Luft machen. »Annie, kannst du den Hund nicht auch mal rauslassen?«, schrie er hinterher, wobei er sich im gleichen Moment schon darüber im Klaren war, dass auch diese vorwurfsvolle Frage ungehört bleiben würde. Immerhin war es schon spät und seine Frau ging früh zu Bett. Da sie es sich zudem angewöhnt hatte, unmittelbar vor dem Schlafengehen ein Mittelchen zu nehmen, das sie komplett ausknockte, war an Hilfe ihrerseits ohnehin nicht zu denken.

Herr Schrödinger hasste es, wenn er während seiner Arbeitsphasen gestört wurde, vor allem durch etwas in seinen Augen völlig Belangloses wie das jämmerliche Jaulen seines Hundes. Trotzdem versuchte er gedanklich langsam herunterzuzählen. Somit gelang es ihm, seinen Zorn nicht vollends auf seinen Vierbeiner zu projizieren. Schließlich konnte der Hund beileibe nichts dafür. Wenn er nach draußen musste und sich dementsprechend Gehör verschaffte, wäre das doch allemal besser, als seine Notdurft in diesem feinen britischen Cottage zu verrichten.

Sobald Erwin den düsteren Flur betrat, rannte ihn sein Collie auch schon beinahe um. »Hey Burschie, na … na … Langsam, bleib ruhig, … schön brav… Lass das … Jetzt aber ruhig, Burschiiiie!« Doch der Collie war so froh, dass sein Herrchen letzten Endes doch noch auf sein Hilfegesuch reagiert hatte, dass er sich gar nicht mehr beruhigen konnte und wild an dem Menschen hochsprang, um Sekunden später zur Haustür zu rennen. Eigentlich machte der Hund es seinem Besitzer leicht, denn er zeigte unmissverständlich an, was er wollte. Abwechselnd rannte Burschie immer wieder zur Tür, um im nächsten Moment wiederum winselnd an Erwin hochzuspringen.

Warum konnte nicht alles so simpel sein? Erwin dachte an seine Studenten, die oft doch nur vortäuschten, irgendetwas von dem zu verstehen, was er während seiner zahlreichen Vorlesungen so von sich gab und ausschweifend zu erklären versuchte. Vor beinahe zwei Jahren hatte er zusammen mit einem weiteren Wissenschaftler den überaus begehrten Nobelpreis bekommen. Natürlich völlig zu Recht, sinnierte er, während er die Haustür öffnete. »Los Burschie, jetzt aber. Raus mit dir!« Erwin versuchte seinen Hund keinesfalls anzuschreien, als er ihm Befehle gab. Nun stand die Tür sperrangelweit offen, aber der Collie schaute nur kurz hinaus in die Dunkelheit und gähnte, während er sich nervös am Ohr kratzte. »Jetzt lauf schon; ab in die Wiese. Mach endlich dein Geschäft!« Erwin Schrödinger stand nun beinahe ratlos neben seinem Hund in der offenen Tür und kratzte sich ebenfalls am rechten Ohr. Wobei diese Geste höchstwahrscheinlich keine Übersprungshandlung, sondern eher Verwunderung darstellte. Momentan hatte der englische Regen eine kurze Pause eingelegt. Nachdem Herr Schrödinger feststellen musste, dass sein Vierbeiner keine Lust hatte, sich seine Pfoten auch nur ansatzweise zu befeuchten, nahm Burschies Herrchen die dunkelbraune Lederleine von der Kommode, um sie an dem überbreiten Hundehalsband zu befestigen. Der Collie reagierte nicht auf das Handeln seines Herrchens. Vielmehr starrte er verunsichert ins Dunkel der Nacht. Dann begann der Hund leise zu knurren. Irritiert versuchte Erwin sich das Verhalten seines Vierbeiners zu erklären, dachte aber gleichzeitig schon daran, wie wohl Albert auf seinen Brief reagieren würde. Vielleicht hätte er dieser Korrespondenz doch noch das eine oder andere beifügen können.

Beispielsweise die Redewendung: „Da haben Sie den Nagel wieder mal auf den Kopf getroffen", denn es war kein Geheimnis, dass sich die beiden zumindest auf akademischer Ebene bestens verstanden und überaus schätzten. Schrödinger lächelte, denn er liebte diese weitestgehend intellektuellen Schriftwechsel mit den wissenschaftlichen Granden seiner Zeit ungemein. Nur dieses Lächeln verschwand, als er feststellen musste, was Burschie in diesem Moment veranstaltete. Das warme, wohlige Gefühl, das gerade seinen Gedanken entsprungen war, wurde durch ein ähnliches Wärmegefühl definitiv manifestiert. Der Collie hatte sich treudoof unmittelbar neben ihn gestellt, ein Bein gehoben und seinem Herrchen ans selbige gepinkelt. »Verdammt Burschie! Damischer … Deppada … Burschie!« Wenn Erwin Schrödinger richtig wütend wurde, schimpfte er irgendwann in seiner Muttersprache und die war nun einmal österreichisch. Aber das war dem apathisch wirkenden Collie ohnehin egal, denn Burschie verstand weder das eine noch das andere. Er war nur zusätzlichem Stress ausgesetzt und hechelte wie wild. Bedingt durch die Schwerkraft kannte der Hundeurin jedenfalls nur eine Richtung. Er lief an Erwins linkem Bein herunter, um sich gleich darauf im dichten

Filz seiner häuslichen Fußbedeckung zu sammeln. Erwin zog erbost an der Leine und begann seinen Hund damit nach draußen zu ziehen, aber Burschie wehrte sich vehement. Winselnd versuchte der Collie dagegen zu halten. Im Gegensatz zur stabilen Lederleine war Erwins Geduldsfaden kurz davor durchzureißen. Vor wem oder was da draußen hatte Burschie nur so eine Angst, dass er sich nicht auf der kleinen Wiese vor dem Haus erleichtern wollte. Wiederum stierte Erwin in die Dunkelheit. Zwischenzeitlich begann es erneut zu regnen. Aber davor hatte Burschie doch wenig Respekt. Im Gegensatz zu Österreich war das Wetter hier in England selten ausgesprochen gut. Trotz all der lautstarken Äußerungen seines tierischen Gefährten zog Schrödinger seinen Hütehund jetzt mit aller Gewalt nach draußen. Das Tier versuchte derweil sich seines Halsbandes zu entledigen, was ihm partout nicht gelingen wollte. Nun standen Hund und Herrchen auf der kleinen Veranda vor dem Haus und starrten zusammen in die Dunkelheit. Auch das Dächelchen darüber hielt den immer stärker werdenden Regen nicht wirklich ab. Erwin fasste nun einen Entschluss. Er musste sich seinem Hund gegenüber durchsetzen und ihn auf die Wiese ziehen. Das nasse Gras würde zumindest seinen linken uringetränkten Filzpantoffel nicht mehr ruinieren können, das war wohl das einzig Gute an der Sache.

Irgendwann gab Burschie auf und fügte sich mit eingeklemmter Rute seinem Schicksal. Nun standen beide auf der Grasfläche. Erwin begann beschwichtigend auf seinen Collie einzureden. Irgendwie erinnerte ihn diese Situation an die ersten Tage nach Burschies Einzug. Das war nun auch schon fast zwei Jahre her. Damals war der Hütehund gerade mal acht Wochen alt und immer wenn dieser Welpe sich nicht im Haus, sondern auf der Wiese löste, sprich seine Notdurft verrichtete, musste Herrchen oder Frauchen ihn anschließend ausgiebig loben. Mit gutem Zureden und darauffolgendem »Feiiiin gemacht, guter Junge« wurde diese Handlung dann auch untermauert. Das gehört nun einmal zur Welpen Erziehung, die im Allgemeinen mit der Stubenreinheit beginnen sollte. Heute Abend funktionierte das Erlernte allerdings ganz und gar nicht. Wobei Herr Schrödinger auch noch so beruhigend auf seinen Hund einreden konnte. Burschie verharrte stocksteif neben seinem Herrchen und anstatt, dass er sich endlich erleichterte, begann er wiederum leise zu winseln. Erwin wartete irgendwann nur wortlos neben seinem Haustier. Ihm wurde langsam bewusst, welch ein erbärmliches Bild sie jetzt gerade abgeben mussten. Im strömenden Regen standen ein gestresster Mann und sein überaus nervöser Hund mitten in der Nacht draußen herum und nichts passierte. »Zeit ist doch nur der Begriff von vorher und nachher«, flüsterte Erwin in der Erwartung, dass Burschie nun endlich loslegen würde. Doch dann ging alles furchtbar schnell. Aus einer Entfernung von ungefähr zwanzig Metern war ein wütendes Fauchen zu hören, das den herabfallenden Regen bei weitem übertönte. Erwin erschrak kurz, fing sich aber gleich wieder, ganz im Gegensatz zu Burschie. Der Hund reagierte mit panischer Flucht. Dabei riss er sich unvermittelt los. So schnell er nur konnte, rannte der Collie nun angsterfüllt zurück ins Haus, wobei er die nasse Lederleine hinter sich herzog. Erwin rief ihm etwas hinterher, verlor durch den abrupten Zug an der Leine das Gleichgewicht auf dem rutschigen Untergrund, um danach schmerzhaft auf seinen Allerwertesten zu fallen. Durch den beinahe filmreifen Sturz verlor er zu allem Unglück auch noch seine vollgesogenen Pantoffeln und fiel erneut, um sich letztendlich in einer Lehmpfütze wiederzufinden. Hätte irgendjemand diese Szenerie beobachtet, wären dessen Gefühlsregungen wohl äußerst vielschichtig gewesen. Zuerst gab Erwin wohl das traurige Männlein im strömenden Regen ab. Danach hätte sich der imaginäre Zuschauer wohl den Bauch vor

Lachen halten müssen, um dann wiederum in einer mitleidigen Empfindung zu verharren. Gott sei Dank hatte er kein Publikum, außer vielleicht diese fauchende Kreatur, die sich in einem nahen Busch versteckte. Diese Gedanken schossen Herrn Schrödinger durch den Kopf, nachdem er sich wieder aufgerappelt hatte, um im nahen Haus Schutz zu suchen.

Allerdings gab es nun ein Problem, das Erwin erst erkannte, als er unmittelbar davorstand. Die Haustüre war zugefallen. Scheinbar hatte entweder eine Windböe oder sein geliebter Hund den offenen Hauseingang in einen fest verschlossenen verwandelt. Keine Zustandsänderung, die er in seiner Situation auch nur ansatzweise begrüßte. Nun stand er da, riss und drückte hektisch am Türgriff, worauf nichts passierte. Erwin fluchte laut. Zwischenzeitlich versuchte er seine regennasse Nickelbrille zu putzen, aber das war auch nur eine Handlung, die wenig erfolgversprechend erschien. Schließlich war sein Pyjama völlig durchnässt und außerdem über und über mit braunem Lehm verschmiert. Als er sich sein Gesicht abwischen wollte, rieb er sich den Dreck letztlich noch bis hinter die Ohren. Nur Sekunden später begann er mit seinen Fäusten wild gegen die Tür zu trommeln. Mit dem Resultat, dass nichts passierte, wenn man mal davon absah, dass drinnen irgendwo sein Hund leise winselte und er sich beim Schlagen gegen die massive Holzplatte sogar die rechte Hand verletzte. Eine Prellung des Handballens war die simple Folge für seinen durchaus nachvollziehbaren Ausraster. Mit schmerzverzerrter Miene rief Erwin immer wieder den Namen seiner Frau, aber er realisierte schnell, dass das Schreien wohl nichts brachte. Zum einen würde Annemarie sicherlich nicht erwachen und zum andern heulte und pfiff der Wind, der ihm nicht nur sprichwörtlich in den Rücken fiel, ausgesprochen laut. Das himmlische Kind übertönte mit Leichtigkeit Schrödingers Geschrei und Geklopfe. So extrem, dass selbst ein Mensch, der keine Schlaftabletten eingenommen hätte, höchstwahrscheinlich nicht aufgewacht wäre.

Nun überlegte Erwin angestrengt, was er denn anstellen könnte, um schnellstmöglich ins Trockene zu kommen. Irgendwie musste er schließlich aus dem kalten Wind und dem Regen, nur wie? Mittlerweile war es 23:00 Uhr. Wenn er bis zum nächsten Morgen hier warten müsste, könnte eine heftige Erkältung, Unterkühlung oder gar eine schwere Lungenentzündung die Folge sein. Mit diesen Gedanken im Kopf schaute er nach oben. Er sah zum Hausgiebel und erkannte etwas. Ein Fenster im ersten Stock schien einen Spalt weit offen zu stehen. Zumindest sah es so aus, da die von ihm eingeschaltete Beleuchtung im Erdgeschoss auch die Treppe erhellte, die zum darüberliegenden Stockwerk führte. Aber selbst wenn er das Fenster von außen öffnen könnte, wie um Gotteswillen sollte er dort hinaufkommen? Schließlich war Herr Schrödinger zwar recht schmal, allerdings war er mit seinen 48 Lenzen beileibe kein Athlet, obwohl seine Frau ihn in gewissen Situationen gerne mal als ihren „Tarzan" betitelte, so konnte er sich dann doch nicht von Ast zu Ast oder von Liane zu Liane schwingen. Selbst mit einem Seil oder Strick wäre es nicht einfach gewesen, unbeschadet zum oberen Fenster zu gelangen. »Wenn ich jetzt doch bloß eine Leiter hätte«, sinnierte Erwin. Im gleichen Moment ärgerte er sich über sich selbst, denn seine Holzleiter hatte er ein paar Tage zuvor einem Nachbarn ausgeliehen. Der gute Mann hatte sie zum Äpfel pflücken, von ihm geborgt und bislang nicht zurückgegeben. Das wäre gewiss auch ein Wunder gewesen. Nein, Mister Williams trug absolut keine Schuld daran, die Leiter immer noch nicht zurückgebracht zu haben. Erwin wusste, dass die Holzkonstruktion an diesem riesigen Apfelbaum lehnte. Nur waren die letzten drei Sprossen in einem bemerkenswert schlechten Zustand. Mister Williams musste die Tragfähigkeit der Steighilfen irgendwie überschätzt haben, denn letztlich fiel er kopfüber zur Erde, um sich kurz darauf seinen bleichen britischen Hals zu brechen. Für Erwin war das tragische Ableben seines Nachbarn in vielerlei Hinsicht dramatisch, denn zum einen arbeitete Mister Williams auch an der berühmten Universität in Oxford. So hatten die beiden seit Monaten eine verlässliche Fahrgemeinschaft. Zum anderen konnte er die frischgebackene Witwe Williams derzeit nur schlecht nach der Rückgabe seiner Leiter fragen. Gewissermaßen aus Pietäts- gründen wäre diese Forderung sowohl bei der Frau des kürzlich Verstorbenen als auch bei seiner Gattin alles andere als gut angekommen. Aber es half nichts, denn er brauchte seine Leiter, und zwar noch heute Nacht. Während er weiterhin vor seiner fest verschlossenen Haustür stand, traf er eine Entscheidung, indem er nacheinander mehrere Optionen ausschloss. Ohne diese Leiter und der Möglichkeit, damit zu dem zumindest teilweise geöffneten Fenster zu gelangen, müsste er entweder die Türe eintreten oder anderweitig Gewalt anwenden, was er definitiv nicht wollte. Um die Uhrzeit würde er auch weder im örtlichen Pub noch sonst wo in diesem kleinen Ort irgendwelche Helfer auftreiben können. Selbst der Dorfpolizist, ein gewisser Sergeant Brixley, wäre mit an Sicher- heit grenzender Wahrscheinlichkeit nicht greifbar. Schließlich war heute Sonntag und am Wochen- ende traf sich der Ordnungshüter mit seinen Dart- freunden im Dorfgasthaus, um nach etlichen Pints wieder entspannt nachhause zu wackeln. Also verwarf Erwin auch diese Möglichkeit, nach einem

Retter in der Not zu suchen. Eine weitere Option wäre Mister Hollister gewesen, nur nicht bei diesem Sauwetter. Der hagere Siebzigjährige galt als gute Seele des kleinen Friedhofs, der sich genau zwischen Herrn Schrödingers Häuschen und dem in etwa doppelt so mächtigen Anwesen seines gerade erst verstorbenen Nachbarn befand. Mister Hollister war Totengräber, Friedhofsgärtner und einfach für all das zuständig, was dort so anfiel. Übermorgen würde er auch Mister Williams in das eigens dafür geschaufelte Loch legen. Dabei war die designierte Grabstätte gar nicht mal so weit vom Ort seines Ablebens entfernt. Wenn sich Mister Williams am Tag des Jüngsten Gerichts aus seinem Grab erheben würde, träfe sein getrübter Blick vielleicht als Erstes auf den riesigen Apfelbaum. Mister Hollister hingegen war praktisch zu jeder Zeit an seiner Arbeitsstätte anzutreffen. Manche Leute im nahen Dorf spekulierten schon seit langem, ob sich der komische Kauz in irgendeiner Grabstätte oder der winzigen Leichenhalle häuslich niedergelassen hätte. Aber das waren natürlich nur wilde Mutmaßungen, die sich keinesfalls bestätigen ließen. Jedenfalls war Hollister heute Abend in der Dorfkneipe „Black Sheep" gewesen, hatte exzessiv getrunken und war dort dermaßen versackt, dass der Wirt ihn nach der Sperrstunde einfach vor die Tür setzte.

Das wusste Erwin natürlich nicht, als er an der Friedhofsmauer vorbeischritt. Nun ja, als Schreiten konnte man seine Gangart beileibe nicht bezeichnen. Es war eher ein langsames Schlurfen, da sich seine Filzschlappen, wie erwähnt mit Schmutz, Hundeurin und Regenwasser vollgesogen hatten. So fühlte es sich für den malträtierten Pyjamaträger an, als ob er tonnenschwere Bleigewichte an den Füßen hätte. Barfuß zu laufen war auf dem steinigen Weg auch keine Option. Also latschte er mühsam in Richtung des Nachbarhauses, das sich ungefähr einen Kilometer von seinem eigenen befand. Mittlerweile hatte es aufgehört zu regnen und der Vollmond, der sich durch die Wolken schob, spendete wenigstens ein wenig schummriges Licht. Übrigens konnte Schrödinger damals natürlich nicht ahnen, dass fünfunddreißig Jahre später sogar ein Mondkrater nach ihm benannt werden würde. Das hätte ihm in dieser besagten Nacht aber auch nicht wirklich etwas gebracht.

Der Wissenschaftler hatte in etwa dreiviertel der Wegstrecke zurückgelegt, als er ein drohendes Fauchen vernahm. Dieses Geräusch war schon angsteinflößend. Erwin erschrak, blieb kurz an der alten Bruchsteinmauer stehen, schaute sich um, aber konnte bei der Dunkelheit nur wenig erkennen. Es war doch das gleiche Geräusch, das vor nicht allzu langer Zeit aus den Büschen vor

seinem Grundstück zu kommen schien. Die laut-
starke Drohung, die seinen Hund völlig aus der
Fasson gebracht hatte. Erwin spürte, dass sich seine
Nackenhaare aufstellten. Unwillkürlich bekam er
eine Gänsehaut. Plötzlich fiel es ihm wieder ein
oder sprichwörtlich wie Schuppen von den Augen.
Es musste diese verwilderte Katze sein, die ihm
nun blödsinnigerweise auch noch folgte. Vor ein
paar Tagen hatte seine holde Ehefrau ihm doch
irgendwas über eine Katze erzählt, die sich mit
seinem Collie nicht nur angelegt, sondern ihn sogar
attackiert hatte. Annie erwähnte doch am Früh-
stückstisch etwas darüber, nur hatte er wie so oft
nicht richtig zugehört. Kein Wunder, denn seit
einigen Wochen beschäftigte ihn ein schwieriges
physikalisches Problem, für das er noch keine trag-
fähige Lösung gefunden hatte. Daher musste er
beim Nachdenken natürlich Prioritäten setzen und
so überhörte er gewissermaßen ganz selbstverständlich irgendwelche Banalitäten. Seine wissen-
schaftliche Arbeit ging schlicht und ergreifend vor.
Er mochte keinen Smalltalk, nicht einmal zuhause.
Vor allem dann nicht, wenn ihn eine in seinen
Augen nahezu epochale Frage der Quantenmechanik quälte. Außerdem war es nur eine Katze,
die ihm nachlief und nicht etwa ein Tiger, ein Löwe
oder ein anderes Raubtier, das ihm gefährlich
werden konnte, also ging er einfach weiter.

Als Erwin das eiserne Friedhofstor passierte, kam ihm plötzlich ein Gedanke. Er könnte sich doch einige Meter ersparen, wenn er nur quer über die Begräbnisstätte lief. So müsste er nicht außen herum, was seinen schweren Beinen entgegenkommen würde. Erwin schlurfte also an den Ruhestätten vorbei und weil das eine oder andere Grablicht brannte, konnte er sich einigermaßen orientieren. Dort vorn war die kleine Mauer, hinter der er schon die Umrisse des Apfelbaumes erkannte. Genau dort würde sich auch seine Leiter befinden. Schrödinger lächelte, als ihn völlig unerwartet etwas von hinten traf. Der Mann erschrak, stolperte und fiel kopfüber nach vorn. Dabei versuchte Erwin sich mit den Händen abzustützen, aber da gab es nichts, wonach er greifen oder sich gar festhalten konnte. Der Mann fiel nicht etwa auf den weichen Friedhofsboden, sondern geradewegs in ein tiefes Loch. Eine Grube, die sich nicht weit von der Mauer und dem dahinterstehenden Obstbaum befand. Frisch ausgehoben und bereit, in Kürze die letzte Ruhestätte für Mister Williams zu werden. Es dauerte ein paar Sekunden, bis Herr Schrödinger realisierte, was soeben passiert war. Was hatte ihn bloß aus dem Gleichgewicht gebracht? Hatte irgendjemand einen schweren Stein nach ihm geworfen. Oder hatte ihm jemand in den Rücken getreten? Erwin richtete sich in der pechschwarzen Grube langsam wieder auf und schaute entgeistert nach oben in Richtung Nachthimmel. Er sah zum Vollmond, der sich in diesem Moment von den schnell vorbeiziehenden Wolken befreit hatte. Erwin war nicht besonders ängstlich, aber in dieser Situation fühlte er sich nachvollziehbarerweise alles andere als wohl. Schließlich wurde ihm langsam bewusst, dass er sich in einem sechs Fuß tiefen Grab befand. So versuchte er natürlich sofort dieser bedrückenden Örtlichkeit zu entfliehen, nur war das mit seiner malträtierten Hand gar nicht so einfach. Warum hatte er auch so hart gegen das Türblatt trommeln müssen. Der Gedanke kam ihm sicherlich auch, als er sich aus der lehmigen Grube herausstemmen wollte. Ein paarmal versuchte er sich an einzelnen Wurzeln hochzuziehen. Durch den glitschigen Lehm bedingt, hätte man genauso gut in Schmierseife greifen können. Nach mehreren missglückten Versuchen hatte Erwin es trotzdem fast geschafft. Aber nur, weil er seine Pyjamajacke zerrissen hatte, um sich ein Stück des karierten Schlafanzugstoffes um seine Hände zu wickeln. Es sah mitunter aus, als ob ein Boxer mit freiem Oberkörper und bandagierten Fäusten um sein Leben kämpfen würde. So versuchte er sich mit dem Mut der Verzweiflung nach oben zu schaffen. Der Achtundvierzigjährige entwickelte dabei eine Kraft, die er selbst nicht für möglich gehalten hätte, doch schließlich wollte er aus dieser Grube heraus. Dann passierte es. Urplötzlich tauchte etwas auf, was

Erwins Kletterversuche zunichtemachte. Zwei leuchtende Augen, die das Vollmondlicht reflektierten, schauten auf ihn herunter. Gleichzeitig erklang ein wütendes Fauchen, das ihn erstarren ließ. Unmittelbar darauf rutschte der Mann ab, um sich auf dem Grubenboden wiederzufinden. Dabei verletzte er sich zudem am Bein. Mit schmerzverzerrter Stimme begann Schrödinger daraufhin zu brüllen. »Du blödes Mistvieh. Verschwinde bloß. Schau, dass du fortkommst!« Weiterhin fiel auch das eine oder andere brachiale beziehungsweise obszöne Wort, das der Autor hier nicht wiedergeben möchte. Die Katze ließ sich von Erwins Schimpftiraden keineswegs beeindrucken. Stattdessen fauchte sie nur noch zorniger den schreienden Mann in der Grube an. Erst als Erwin ein paar schwere Lehmbrocken nach dem Tier warf, verschwand es miauend vom Rand der Grabkante. Herr Schrödinger war gefühlstechnisch hin und hergerissen. Auf der einen Seite war er froh und glücklich, das Untier letztendlich vertrieben zu haben, aber auf der anderen Seite hatte er beinahe ein schlechtes Gewissen. Unbestritten war der Nobelpreisträger ein wahrer Tierfreund und konnte im alltäglichen Leben noch nicht einmal einer nervenden Fliege etwas zuleide tun. Nur war diese Katze auch etwas Besonderes und Erwin musste sich gegen ihre Angriffe irgendwie verteidigen. Eine geschlagene halbe Stunde später hatte es Schrödinger endlich auch aus dem düsteren Erdloch herausgeschafft, um unmittelbar danach über die kleine Steinmauer zu krabbeln. Ja, es war nichts anderes als ein unbeholfenes Krabbeln, da er nun völlig verdreckt, mit freiem Oberkörper, barfuß, leicht verletzt und heruntergerutschter Pyjamahose seinen Zielort anvisierte.

Fast zur gleichen Zeit torkelte Misses Williams schlaftrunken ans Fenster. Irgendwer hatte draußen laut geschrien, da war sie sich vollkommen sicher. Sie hatte den ganzen Abend mit ihren Freundinnen verbracht, um auf andere Gedanken zu kommen, denn schließlich war der sogenannte Witwenstand völlig neu für sie. Im Laufe des Abends hatte ihr Bekanntenkreis sie immer wieder aufzuheitern versucht, was beileibe nicht einfach zu sein schien. Allerdings gab es Mittel und Wege, wie etwa diverse Liköre und nicht zuletzt eine Flasche teuren Gin, den ihr verstorbener Mann für einen besonderen Anlass aufgehoben hatte. Nachdem ihre Freundinnen und sie ziemlich angeheitert waren, kam eine gute Bekannte auf die glorreiche Idee, eine spiritistische Sitzung, eine sogenannte Séance abzuhalten. Bei dieser Geisterbeschwörung passierte aller Voraussicht nach nichts, obwohl die frisch gebackene Witwe sich sicher gewesen war, von irgendwoher ein leichtes Klopfen in Verbindung mit einem kalten Windhauch gehört beziehungsweise gespürt zu haben. Die Ursache dieser paranormalen Phänomene wurde aber recht schnell gefunden. Eine der Damen hatte sich versehentlich selbst auf der Toilette eingesperrt, um daraufhin Hilfe zu brauchen. Nachdem auch das geklärt war, amüsierten sich die Damen prächtig, prusteten und kicherten um die Wette. So viel gelacht wie an jenem Abend hatte Misses Williams jedenfalls schon lange nicht mehr und das, obwohl der Anlass ein durchaus trauriger war oder zumindest sein müsste. Ehrlicherweise fühlte sich die Hinterbliebene nicht besonders unglücklich. Sicher war der plötzliche Tod ihres Ehemannes schon ein Schock für sie gewesen, nur konnte sie jetzt tun und lassen, was immer sie wollte. Ihren besserwisserischen Göttergatten hätte sie aus ihrer Sicht schon vor Jahren verlassen müssen, aber damals fehlte ihr schlichtweg der Mut. Insofern hatte ihr das Schicksal doch einen Gefallen getan. So würde sie als lustige und nicht zuletzt gut betuchte Witwe ihr restliches Leben in vollen Zügen genießen können. Nur kommt unverhofft verhältnismäßig oft. Wie ein weiser Mann im alten Griechenland schon bemerkte: „Der Mensch plant und die Götter lachen." So oder zumindest so in etwa lautete der Spruch eines großen Philosophen, über den es mindestens hundert ähnlich klingende Abwandlungen beziehungsweise Versionen gibt.

Eine sogenannte Binsenweisheit, denn bekanntlich kommt es meistens anders, als man denkt.

Allzu viele Gedanken machte sich Misses Williams dagegen nicht, als sie zum Schlafzimmerfenster hinaussah. Aufgeschreckt und immer noch stark alkoholisiert glaubte sie ihren Augen nicht trauen zu können. Dort unten an der angrenzenden Friedhofsmauer, spielte sich ein geradezu groteskes Szenario ab. Eine verzweifelte Gestalt überwand erbärmlich langsam die steinerne Grenze und war augenscheinlich auf dem Weg zu ihr. Die Witwe schrie hysterisch. Dabei war die Frau sich absolut sicher, dass es sich bei dieser Erscheinung um ihren verstorbenen Charles handeln musste. Nun zwickte sie sich sogar selbst in den Arm, um einen bösen Traum auszuschließen. Danach schlug sie sich mit der flachen Hand gegen die Stirn, aber auch das änderte nichts an der Tatsache. Durch das Vollmondlicht gut zu erkennen, bewegte sich ein Untoter auf das Haus zu. Mit der falschen Erkenntnis, dass sie die Wiederkehr ihres verstorbenen Mannes wohl selbst heraufbeschworen hatte, bekam Misses Williams einen Schwächeanfall, kurz bevor sie rückwärts torkelte, um ohnmächtig auf ihr frisch bezogenes Bett zu fallen.

Von alledem bekam die Kreatur im gespenstischen Mondlicht natürlich nichts mit. Schrödinger tapste unbeholfen auf den Apfelbaum zu. Eigentlich wirkte es noch eine Spur obskurer, weil er seine Filzpantoffeln im frisch geschaufelten Grab verloren hatte. Da seine Fußsohlen höllisch schmerzten, fühlte es sich für den erschöpften Erwin an, als ob er zum Teil über Eierschalen und zum anderen Teil über glühende Kohlen laufen müsste. Als ob das nicht genug wäre, begann Herr Schrödinger wie Espenlaub zu zittern. Kein Wunder, denn wie bereits erwähnt trug er ja nur noch seine dünne Pyjamahose am Leib. Einzig allein der Lehm und Schmutz, der ihn fast gänzlich bedeckte, hielt den kühlen Nachtwind etwas ab. Diese unbeabsichtigte Schutzschicht sollte ihn zumindest vor einer Lungenentzündung bewahren. Allerdings würde ihn in diesem Zustand auch seine eigene Frau nicht mehr erkennen.

Zusätzlich zum Zittern kam nun der Angstschweiß. Wo um Gottes Willen war die Holzleiter abgeblieben. Am Apfelbaum, der ja fast schon als letaler Unfallort oder zumindest als todbringender Platz bezeichnet werden könnte, war sie nicht zu finden. Erwin fand sein Eigentum weder angelehnt noch irgendwo im nahen Umfeld des riesigen Obstbaumes. Sollte er diese ganzen Strapazen umsonst auf sich genommen haben? Schließlich hätte er ja auch warten können. Seine Annie würde sicherlich nicht bis zum Mittag durchschlafen. Es sei denn, sie hätte sich gestern Abend anstatt einer Tablette vorsorglich zwei davon eingeworfen. Denn gerade bei Vollmond nahmen ihre Schlafprobleme zu. Also wäre diese Möglichkeit natürlich auch nicht von der Hand zu weisen. An allem war aber nur diese verdammte Katze schuld. Ohne dieses bösartige Vieh wäre er doch gar nicht in diese verzwickten Situationen geraten. Erwin seufzte, als er daran dachte.

Dann sah er sie. Nach dem bedauerlichen Unfall mit Todesfolge hatte irgendjemand seine Leiter vom Baum genommen und gegen die Hauswand der Familie Williams gestellt. Erleichtert ging Erwin Schritt für Schritt zum Gebäude, bis er etwas vorbeihuschen sah, das ihn gänzlich erstarren ließ. Genau vor seinem heißersehnten Eigentum schwadronierte doch diese verfluchte Katze. Das Vieh starrte ihn an, fauchte wild und Erwin war sich bewusst, dass sie ihm seinen Besitz nicht kampflos überlassen wollte. Plötzlich war ihm völlig klar, warum das Tier so überaus aggressiv auf ihn reagierte. Er roch nach seinem geliebten Hund. Genau deshalb hatte dieses Raubtier ihn zu ihrem neuen Erzfeind auserkoren. Es musste Burschies Urin sein, der sie so wahnsinnig machte. Dieser penetrante Geruch hielt sich aller Wahrscheinlichkeit nach hartnäckig im Stoff seiner Pyjamahose. Schrödinger überlegte kurz. Daraufhin sah er nur eine Möglichkeit, um ohne schwere Bisse oder Kratzer an seine Leiter zu kommen. So entledigte sich Erwin seiner Schlafanzughose und warf sie ein paar Meter neben sich. Sofort sprang die Katze hinterher, um sich den Stoff zur Beute zu machen. Sie miaute, fauchte, zerrte am Textil, verbiss sich darin wie in eine halbtote Ratte. Kurz danach verschwand das Tier samt Kleidungsstück triumphierend im Dunkel der Nacht. Erleichtert atmete Erwin auf. Schnurstracks ging er nun zur Hauswand, um sich letztlich sein Eigentum wieder zurückzuholen. Endlich hatte Schrödinger es trotz aller Widrigkeiten geschafft. Sicherlich könnte der Wissenschaftler in Kürze wieder in seinem behaglichen Cottage sitzen. Dabei würde er bestimmt entspannt den Sonnenaufgang genießen können. Eine große Tasse Tee würde dann auch die Schrecken der Nacht vertreiben. Schrödinger lächelte voller Vorfreude, als er im Begriff war, die Leiter von der Hauswand zu ziehen. Auf einmal spürte er einen stechenden Schmerz am Rücken. Erwin hatte schlagartig das Gefühl, dass sich um ihn herum geradewegs die Hölle auftat. Es polterte, krachte, schepperte und klirrte, während irgendjemand hysterisch schrie und fluchte. Ein paar Meter über ihm warf Witwe Williams so ziemlich alles, was sie finden konnte, in seine Richtung. Dabei waren Blumentöpfe in allen erdenklichen Größen noch das Ungefährlichste. Mittlerweile waren auch

Vasen, Gläser und selbst eine Bettpfanne dazu bestimmt, ihrer Herrin als Wurfgeschosse zu dienen. Bei dem Versuch von Misses Williams, einen umherirrenden Geist zu vertreiben, legte sich die Witwe wirklich ins Zeug. Ganz zum Leidwesen Erwins, der bei weitem nicht jedem einzelnen Teil ausweichen konnte. Schrödinger fühlte sich wie in einem Granathagel, ließ die Leiter stehen und hastete, so schnell ihn seine verletzten Füße trugen, aus der Gefahrenzone. Verdattert, geschockt, aber auch maßlos enttäuscht humpelte er nahezu desillusioniert in Richtung Straße. Dieses Mal würde er nicht die Abkürzung über den Friedhof nehmen, denn momentan schoben sich dunkle Wolken vor den Mond, die die Umgebung merklich verfinsterten. Natürlich hatte Erwin nicht die geringste Lust, erneut in eine Grube zu fallen. Was hatte sich Misses Williams nur dabei gedacht? Der Mann wollte doch nur seine geborgte Leiter zurück. Vielleicht sollte er wieder zu ihrem Haus gehen, um die Sache aufzuklären? Diese Gedanken, ja diese Überlegungen, die ihm wie Pfeile durch den Kopf schossen, verwarf er schnellstens wieder. Es war ihm sehr wohl bewusst, wie er in seinem jetzigen Zustand auf die verängstigte Frau wirken musste. Hoffentlich hatte die sechzigjährige Witwe ihn nicht erkannt. Schließlich war er splitterfasernackt, am ganzen Körper mit Lehm beziehungsweise Schmutz bedeckt und dazu noch mehr oder minder schwer verletzt. Wie gut, dass er sich nicht in einem Spiegel betrachten konnte. Wahrscheinlich hätte Erwin sich vor sich selbst zu Tode erschrocken. Also tat er das Einzige, was er in dieser Situation tun konnte. Notgedrungen machte er sich auf den nicht allzu langen, aber durchaus beschwerlichen Weg nachhause.

Zur gleichen Zeit polterte eine schwarze Limousine von einem Schlagloch und damit von einer Pfütze in die andere. Die Wolseley Wespe war der ganze Stolz von Sergeant Brixley, der seinen tief-schwarzen Dienstwagen vor kurzem erst bekommen hatte. »Verfluchte Straßen!«, jammerte er. Gleichzeitig schaute der Polizist vorwurfsvoll zu seinem ungewollten Fahrgast. »Der schöne Wagen ist jetzt völlig verdreckt. Das alles nur, weil ich dich Trunkenbold nachhause fahren muss. Allerspätes-tens morgen um die Mittagszeit kommst du tunlichst zum Polizeirevier. Dort wirst du den Wolseley gefälligst putzen und polieren. Keine Stelle Lack und Chrom wirst du dabei auslassen. Wehe dir, wenn doch!« Je mehr der Ordnungshüter redete, desto lauter beziehungsweise fordernder wurde seine Stimme. »Ist ja gut, Joe«, flüsterte Ken Hollister ein wenig eingeschüchtert. Klar waren Joseph Brixley und er schon seit Kindertagen befreundet, nur wenn Joe seine Uniform trug, kühlte das kumpelhafte Verhalten schon merklich

ab. »Kenny, warum musst du dich bei jedem Vollmond eigentlich besinnungslos besaufen? Denk nur
mal dran, was du vorigen Monat angestellt hast.
Nachdem du die halbe Nacht unsere frischgestri-
chene Ausnüchterungszelle vollgereihert hast,
wollte der junge Constable Higgins glatt seinen
Dienst quittieren. Dabei hätte ich es Higgins noch
nicht einmal verübeln können, denn mein Befehl
an ihn die Zelle zu säubern, war ja auch wirklich
eine Zumutung.« Während der Sergeant seinem
Ärger Luft machte, starrte Ken Hollister nur stur
nach vorne und sagte keinen Ton. Der Beifahrer
wollte nicht noch Öl ins Feuer gießen. Auf eine
Diskussion mit dem Polizisten hatte er in seinem
alkoholisierten Zustand auch nicht die geringste
Lust. Das letzte Mal, als Ken meinte, mit Joe ein
Streitgespräch führen zu müssen, bekam er irgendwann dessen Schlagstock zu spüren. Das war zwar
schon lange her, aber Ken Hollister hatte das nie
vergessen, also schwieg er lieber.

Plötzlich meldete Ken sich dann doch. Es war
hingegen kein Gerede, das da über seine zittrigen
Lippen kam, sondern ein lauter Schrei. »Stopp Joe,
pass auf!« Sergeant Brixley erschrak augenblicklich
und legte eine veritable Vollbremsung hin. Dabei
kam sein Dienstwagen ins Schleudern, drehte sich
mehrmals um die eigene Achse, um dann mit
außerordentlichem Glück gerade so vor einer

dicken Buche zum Stehen zu kommen. »Verfluchter Vollidiot, du versoffener alter Spinner. Willst du uns beide umbringen? Raus jetzt! Raus mit dir!« Sergeant Joseph Brixley kochte vor Wut. Da Ken Hollister keine Anstalten machte, den neuen Dienstwagen unverzüglich zu verlassen, sprang der Polizist aus dem Auto, rannte zur Beifahrertür, riss sie auf und zerrte seinen guten Bekannten heraus. Fast hätte er voller Zorn auf Ken eingeprügelt, aber als er seinen Jugendfreund wie ein Häufchen Elend neben dem Wagen liegen sah, besann er sich Gott sei Dank eines Besseren. Ken Hollister hielt seine Arme schützend über seinen Kopf und schluchzte leise. Dann brabbelte er immer wieder das Gleiche. »Der Kerl … auf der Straße, … der Kerl … da war ein nackter Kerl!«

Nur wenige Minuten zuvor humpelte ein bedauernswerter Mann nachhause. Nach einem kurzen Regenschauer klarte der Himmel wieder etwas auf und der Vollmond tauchte die Landschaft in ein gespenstisches Licht. Erwin ärgerte sich über sein Versagen. Der Wissenschaftler konnte nur noch an diese verfluchte Katze denken, die seiner Meinung nach auch gänzlich dafür verantwortlich war. Sicherlich wäre das bösartige Vieh damit beschäftigt, seine Pyjamahose zu zerfetzen, nur konnte er da auch wirklich sicher sein. Erwin Schrödinger hatte wenig bis gar keine Ahnung von Katzen. Das brauchte er auch nicht, denn schließlich war er Physiker und kein Biologe oder gar Verhaltensforscher. Allerdings hätte er schon gerne gewusst, ob sie nun endlich von ihm abließ. Was würde er wohl tun, wenn das Biest wieder vor seinem Haus auftauchen würde? Offenbar hatte sie mittlerweile Spaß daran gefunden, zumindest seinen Hund zu terrorisieren. Oder hatte sie es nun auch auf ihn selbst abgesehen? Möglicherweise hätte ja diese regnerische Nacht ihn zu ihrem eigentlichen Erzfeind gemacht? Vielleicht müsste er das Untier letzten Endes einfangen? Zuhause hatte er doch diese massive Holzkiste, die ihm dafür durchaus geeignet erschien. Bei dem Gedanken daran versuchte Erwin sein Schritttempo etwas zu erhöhen. Geschwindigkeitstechnisch wäre er wohl zwischen Schnecken und Schildkröten einzustufen gewesen. Links und rechts der Straße, in den Büschen, Hecken, hinter den Bäumen raschelte, zirpte und knackte es überall. Plötzlich sah er in leuchtende Augen und machte sich fast in die nicht vorhandene Hose. Gott sei Dank war es nur eine kleine Eule, die ihn interessiert anstarrte. Doch dann hörte er noch ein anderes Geräusch. Schrödinger erstarrte. Ein Brummen oder Röhren, das immer lauter zu werden schien. Als er zwei zitternde Lichtkegel erkannte, wusste er auch, was da auf ihn zukam. Ein Automobil rollte heran. Im Normalfall hätte er den Insassen höflich zugewunken, aber heute Nacht war absolut nichts normal. In seinem Zustand, völlig nackt und verdreckt wäre er bestenfalls ignoriert worden. Genauso gut hätte er auch verprügelt oder sogar überfahren werden können. Wegen „Erregung öffentlichen Ärgernisses" eingesperrt wäre auch eine denkbare Option gewesen. All diese Möglichkeiten hätten seinem Ansehen einen extremen Schaden zugefügt, darüber war er sich in dieser Sekunde sehr wohl bewusst. Also tat er das einzig Vernünftige und schlug sich in die Büsche. Er hüpfte ungelenk in den Straßengraben, um sich dann hinter einer stacheligen Brombeerhecke zu verstecken. Dabei hörte er schrilles Reifenquietschen und kurz darauf sah er ein Fahrzeug, das ins Schleudern geriet. Schrödinger machte sich so klein er nur konnte. Völlig bewegungslos versuchte er mucksmäuschenstill zu sein. Unterdessen fühlte er sich von den Dornen dermaßen gepeinigt, dass ihm die Tränen in Strömen über sein schmutziges Gesicht liefen.

Circa fünfzig Meter weiter brüllte ein Mann immer noch einen anderen an. »Ein nackter Kerl … was für ein nackter Kerl? Du verdammter Schwachkopf! Vielleicht war es ja auch ein blauer Elefant? Oder ein rosa Nashorn, das da vorne gerade über die Straße gelaufen ist!« Kenny, der zitternd neben dem Wolseley lag, gab Joseph keine Antwort. Stattdessen musste er sich übergeben, wobei der linke

Vorderreifen des Polizeiautos in Mitleidenschaft gezogen wurde. Sergeant Joe Brixley schäumte vor Wut. »Verfluchter Säufer! Du bist vielleicht ein ekliges Schwein. Wirklich kein Wunder, dass du Halluzinationen hast. Du siehst im Suff Dinge, die nicht existieren. Ich würde wetten, dass ein Arzt bei dir Delirium tremens diagnostiziert.« Ken Hollister sagte nichts zu Joes Vorwürfen. Er stand langsam auf, wischte sich an seinem rechten Hemdsärmel den Mund ab und war drauf und dran, wieder in den Polizeiwagen zu steigen. »Untersteh dich du blöder Hund. Weg von meinem Auto! Es fehlt noch, dass du mir den Wolseley vollkotzt!« Sergeant Brixley war auf hundertachtzig. Er befand sich dermaßen in Rage, dass er Kenny nur allzu gern jeden einzelnen Knochen im Leib gebrochen hätte. Unter Zuhilfenahme seines Polizeischlag-stocks wäre sicherlich ein Unglück passiert. Ken Hollister war zwar stark angetrunken, aber er wusste, wann es höchste Zeit war zu verschwinden. Also schwankte er aus der mutmaßlichen Gefahrenzone und torkelte in Richtung Friedhof. Die kleine Leichenhalle war sein eigentliches Ziel, denn dort konnte er in aller Ruhe seinen Rausch ausschlafen. Er wäre zwar nicht allein, was für den Totengräber allerdings kein ernsthaftes Problem darstellte. Zumindest könnte ihn der verblichene Mister Williams weder verprügeln noch ihm irgendwelche Vorwürfe machen. Insofern war für Ken die Welt wieder in Ordnung.

Ganz im Gegensatz zu Herrn Schrödinger, der sich weiterhin hinter dem dornigen Strauch verstecken musste. Für ihn dauerte es eine gefühlte Ewigkeit, bis Sergeant Brixley seinen geschundenen Wolseley zurück auf die Straße bugsierte. Aber schlussendlich gelang es dem Polizisten dann doch, seinen Dienstwagen wieder auf die schmale Fahrbahn zu bringen. Nur waren die schweren Kotflügel nun überall mit hochgeschleudertem Lehm bedeckt. Das laute Fluchen des Schutzmanns, das selbst das Aufheulen des Motors übertönte, war auch für Erwin keinesfalls zu überhören. Als nur noch die Rücklichter des Kraftwagens zu erkennen waren, traute sich Herr Schrödinger langsam und vorsichtig aus seinem unbequemen Versteck. So stolperte er über die Böschung zurück auf die Landstraße, um seinem geliebten Zuhause jetzt endlich immer näher zu kommen.

Seit seinem kurzen, aber leider auch erfolglosen Ausflug hatte sich nichts verändert. Wenn man mal davon absah, dass aus dem schnuckligen Cottage nicht das geringste Geräusch nach außen drang. Mit hoher Wahrscheinlichkeit hatte sich sein Hund Burschie unter irgendeinem Möbelstück versteckt. Erwin konnte sich die Reaktion seines Collies durchaus vorstellen. Das Tier hatte heute Nacht nicht die Möglichkeit gehabt, sein Geschäft draußen verrichten zu können. Obwohl Burschie also nichts dafür konnte, ahnte er, dass seine zweibeinigen Rudelmitglieder mit ihm schimpfen würden. Daher versuchte er sich gewissermaßen unsichtbar zu machen. Dazu gehörte auch, dass er weder winselte noch jaulte. Manchmal zeigen Tiere eben ein Verhalten, das ihre Besitzer durchaus für menschliches Benehmen halten könnten. Nun stand Erwin wieder vor der Haustür und klopfte und rief. Nach ungefähr einer Minute gab er das allerdings auf. Er würde schlicht und ergreifend warten müssen. Irgendwann vielleicht in ein paar Stunden würde seine Gattin sicherlich erwachen. Damit war die Sache für ihn jedoch nicht ausgestanden. Denn wie sollte er seiner Frau nur all das erklären, was ihm letzte Nacht so zugestoßen war. Er konnte sich lebhaft vorstellen, wie geschockt sie sein würde. Allein schon aufgrund seines Aussehens. So wie er derzeit aussah, hatte sie ihn zuvor noch nie gesehen. Er war ja nicht nur vollkommen nackt, sondern zudem von oben bis unten verdreckt, zerkratzt und verschrammt. Bei seinem Anblick konnte einem wirklich Angst und bange werden. In diesem Bewusstsein stand er da. Nervös wartend, bis seine Annie ihn irgendwann einmal ins Haus lassen würde. Wieder begann es zu regnen und der Wind frischte erneut auf. Herr

Schrödinger zitterte. Der Mann war zwar hundemüde und am liebsten hätte er sich zum Schlafen einfach vor die Eingangstür gelegt, aber er musste sich erneut ein bisschen bewegen, damit er sich keine Unterkühlung zuzog. So tapste er ein paar Meter um das schnucklige Cottage herum. Dort oben im ersten Stock war das Fenster noch immer nicht ganz verschlossen. Das war nun sogar besser zu erkennen, da der Morgen graute. Ach, hätte er doch nur seine Holzleiter. Dann müsste er nicht frierend warten und alles wäre wieder im Lot. Ohne diese Steighilfe hatte ein Mensch nun mal keine Chance, aber das war ihm doch schon Stunden zuvor klar. Dann kam ihm in den Sinn, dass ein Tier dort durchaus hinaufgelangen könnte - beispielsweise eine Katze-. Diese Überlegung gefiel ihm ganz und gar nicht. Wenn dieses aggressive Biest durch das halb geöffnete Fenster ins Haus gelangen könnte, würde das für seinen Collie zum absoluten Desaster werden. Wahrscheinlich käme es dort drinnen zu einem nahezu epischen Kampf. Diese verflucht bösartige Katzenkreatur würde seinen armen Burschie nach allen Regeln der Kunst verdreschen, da war er sich sicher. Das Monster hatte es höchstwahrscheinlich nach wie vor auf seinen Hund abgesehen. Daher kam ihm erneut der Gedanke, das Tier fangen zu müssen. Dazu gäbe es keine Alternative, denn schließlich wusste doch kein Mensch, wann diese Ausgeburt der Hölle das nächste Mal zuschlagen würde. Auswildern respektive weit wegbringen wäre eine Möglichkeit. Nahe der Universität war doch diese wunderschöne Parkanlage, die in Oxford ihres gleichen suchte. Sollte dieses alles andere als samtpfotige Tierchen doch seine Studenten terrorisieren. Bei dem Gedanken daran zogen sich seine Mundwinkel unwillkürlich nach oben. Aber erst einmal musste er das „Kätzchen" in eine stabile Box oder Kiste bekommen. Einen Moment später kam Erwin auf andere Gedanken. Vielleicht lebte die Katze schon gar nicht mehr. Es konnte doch sein, dass ihr der Stoff seiner Pyjamahose auf den Magen schlug oder sie von Sergeant Brixleys Wolseley überrollt wurde. Dort draußen in der Wildnis war doch alles möglich. Jedenfalls konnte Erwin diese Frage zum Leben oder Ableben der Katze nicht beantworten, weil er sie schlicht und ergreifend nicht vor sich sah. Erwin Schrödinger sinnierte weiter. Was wäre wohl, wenn man sich eine ganz andere und doch ähnliche Situation vorstellen würde. Wenn man annahm, dass es Erwin gelingen könnte, diese verwilderte Katze in eine Kiste zu sperren, was wäre dann die Folge? Solange das Tier fauchte, miaute oder schlichtweg in der Box randalierte, wäre ihr körperlicher Zustand doch glasklar. Jeder Beobachter würde der Katze das Leben attestieren. Was aber wäre, wenn sich das Tierchen mucksmäuschenstill verhielt. Da die Kiste außer einigen

Luftschlitzen vollkommen geschlossen war, konnte kein Mensch mit Bestimmtheit sagen, ob Samtpfötchen in diesem Moment tot oder lebendig wäre. Schrödinger blieb stehen, lehnte sich gegen die Haustür und überlegte weiter. In Gedanken könnte man diese Kiste ja noch mit einer für die Katze lebensbedrohlichen Apparatur ausstatten. Nun kam Schrödingers physikalisches Genie zur Geltung. Was wäre wohl, wenn ein Atom eines radioaktiven Elements zerfallen würde, um dann mithilfe eines Geigerzählers, der diesen Zerfall misst, eine Vorrichtung auszulösen, die ein Werkzeug beispielsweise einen Hammer dazu bewegt, ein Glasfläschchen in der sich ein tödliches Gift befindet zum Zerbersten zu bringen? Der eventuelle Zerfall eines radioaktiven Elementes wäre somit ursächlich für den Tod des eingeschlossenen Tieres verantwortlich und der wäre erst feststellbar, wenn irgendjemand die Kiste zu irgendeiner Zeit öffnen würde. Erwin Schrödinger grinste leicht, da ihn seine Vorstellung über eine solche „Höllenmaschine" beinahe faszinierte. Jedenfalls war es ein Gedankenexperiment, das er im Hinterstübchen behalten wollte. Es sollte auch keine Maus, keine Ratte, kein Hamster oder irgendein anderes Tier in diese gefährliche, aber imaginäre Box. Für Erwin musste es genau diese äußerst reale Katze sein, die ihm auch in seinen Gedanken nachstellte. Natürlich würde kein Mensch erfahren, weshalb und warum.

Weder Albert Einstein noch anderen Bekannten und Freunden könnte er jemals von dieser chaotischen Nacht berichten, die ihn Schweiß, Blut und Tränen gekostet hatte, wobei sie doch so erfolglos erschien. Selbst seiner Ehefrau Annemarie würde er nicht alles erzählen, was ihm widerfahren war, zumindest nicht jedes Detail und erst recht nichts über das nächtliche Treffen mit ihrer Nachbarin. Das ungewollte Meeting, das wohl in doppelter Hinsicht ein Treffen war. Erwin erinnerte sich unter Schmerzen an die erbarmungslosen Blumentopfwürfe und dass Misses Williams ihn mehr als einmal heftig erwischt hatte.

Erwin ging vor seiner Haustür auf und ab und machte sich so seine Gedanken. Das Morgengrauen hatte sowohl den böigen Wind als auch die Regenschauer vertrieben. Fast war das leichte Schimmern eines Sonnenaufgangs zu erkennen, aber das war wahrscheinlich nur britischer Optimismus. Herr Schrödinger war ganz in Gedanken, als er etwas an seinem Bein spürte. Beinahe panisch drehte er sich um, und zwar mit einer Geschwindigkeit, dass er fast das Gleichgewicht verlor. Doch sobald er erkannte, was ihn angestupst hatte, besserte sich seine Laune schlagartig. Kein Zweifel; sein geliebter Hund Burschie stand vor ihm, hechelte wie wild und begann ihm nun den aufgeweichten Schmutz von den Beinen zu lecken. »Lass das Burschie …

lass das … das kitzelt … Hihi hahaha!« Kurz darauf schaute er zum Hauseingang. Die Tür war offen. Scheinbar hatte es sein Collie irgendwie geschafft, die Klinke von innen herunterzudrücken. Jetzt war Eile angesagt. Nicht, dass ein Windstoß die Haustür wieder ins Schloss warf. Beinahe euphorisch rannte Erwin los und wäre dabei fast über seinen tänzelnden Hund gestolpert, der sich aufgrund der Wiedersehensfreude gar nicht mehr beruhigen ließ. Herr Schrödinger schaffte es. Allerdings trat er auf der Veranda in einen von Burschies Häufchen, aber das tangierte ihn nicht weiter. So wie es unten im Flur und auf der Treppe aussah, konnte er sich das Füße abtreten heute Morgen definitiv ersparen. Denn sobald er das Haus betrat, stach ihm ein penetranter Geruch in die Nase. Burschie hatte wirklich keine Raumecke ausgelassen. Selbst auf der Treppe, die zum oberen Schlafzimmer führte, lagen diverse Tretminen seines Hundes. Erwin musste nun Prioritäten setzen. Sollte er sich zuerst den Dreck vom Körper schrubben oder doch mit der dringlichen Hausreinigung beginnen. Er überlegte noch, wie er dieses Chaos am schnellsten beseitigen könnte, als er ein leichtes Knarren vernahm. Schlaftrunken kam seine Annie die Holztreppe herunter, während sie sich mit der linken Hand die Augen rieb. Glücklicherweise hielt seine Ehefrau sich mit der rechten Hand am Treppengeländer fest, als sie in eines von

Burschies Kothäufchen trat. Hätte sie das nicht getan, wäre sie womöglich ausgerutscht, um sich beim anschließenden Hinabstürzen sämtliche Knochen zu brechen. Erwin erschrak und schaute dann erleichtert zu seiner Annemarie, die auf der Treppe stehenblieb, um wie in Zeitlupe nach der Ursache ihrer Schlitterpartie zu sehen. Eben noch verschlafen war sie nun urplötzlich hellwach. Vor wenigen Minuten bestens gelaunt und in Vorfreude auf die erste Tasse Kaffee des Tages war Schrödingers Ehefrau nun alles andere als amüsiert. Mit einer Mischung aus Ekel und Verwirrung starrte sie fassungslos den Mann an, der mit gesengtem Haupt im Erdgeschoss stand. Erwin Schrödinger brachte daraufhin nur vier Worte heraus, die er in ihre Richtung stammelte und zweimal wiederholte. »Die Katze ist schuld! DIE KATZE IST SCHULD!« Mehr konnte er seiner konfusen Gattin derzeit nicht sagen, dazu war er schlicht und ergreifend nicht mehr in der Lage. Ohne auf Annemaries Antwort zu warten, lief Erwin, der sich zwischenzeitlich in eine Decke gehüllt hatte, in sein Arbeitszimmer und verschloss die Tür von innen. Sofort setzte er sich an seinen Schreibtisch, säuberte notdürftig seine verschmierte Nickelbrille, griff nach seinem Füllfederhalter, um auf einem Stück Papier etwas zu skizzieren. Während seine Ehefrau draußen fluchte und polternd die Spuren der letzten Nacht zu beseitigen versuchte, entwickelte

Erwin Schrödinger eine These der Quantenmechanik, die ihn als „Der mit der Katze" weltberühmt machen würde. Noch weit mehr als die nach ihm benannte Wellengleichung, die ihn zu einem Begründer der modernen Physik machte, schaffte es sein populäres Gedankenexperiment, dass sich nach wie vor Menschen darüber den Kopf zerbrechen. Allerdings könnte Schrödinger damit auch eine Parodie auf die sogenannte Kopenhagener Interpretation verfasst haben. Höchstwahrscheinlich wollte der Vater der Quantenmechanik damit die Unzulänglichkeit der Theorie verdeutlichen, die ein sogenanntes Paradoxon erzeugt. Wenn das Experiment der Wahrheit entspräche, würde sich die Katze in einem überlagerten Zustand befinden, bis die Kiste letzten Endes geöffnet wird. Wobei es für das Tier natürlich unmöglich ist, gleichzeitig lebendig und tot zu sein. Ohne weiter darüber zu philosophieren, wissen Sie, liebe Leserin und lieber Leser nun aber auch über die obskuren Hintergründe Bescheid. Nach allem, was mir bekannt ist, war es genau jene verregnete Nacht und weder Igel, Huhn noch Ratte, sondern exakt diese verwilderte Katze, die Erwin Schrödinger auch als Ikone der Popkultur unsterblich werden ließ.

Kapitel 2

Sinatra (My way Killings)

»Was haben wir bloß für ein unglaubliches Glück,
Jungs!« Stefan Teiler schaute sich grinsend nach
seinen Bandkollegen um, die euphorisch um die
Wette strahlten. Die Klimaanlage des Kleinbusses
lief auf vollen Touren. Dann und wann gab sie ein
geradezu verzweifeltes Schnaufen von sich. Ehrlich
gesagt pfiff sie nicht nur sprichwörtlich aus dem
letzten Loch, aber das störte die vier jungen
Musiker nicht weiter. Nur der Fahrer, der den
hoteleigenen Shuttlebus lenkte, versuchte hektisch,
die Belüftungsdüsen in den Griff zu bekommen.
Gleichzeitig fingerte er ungelenk an den Reglern
der in die Jahre gekommenen Aircondition herum.
Dabei war der Filipino so abgelenkt, dass er fast
einen alten Mann auf einem Motorroller übersah.
Doch als der Busfahrer fluchend bremste und
einen abrupten Schlenker nach links machen
musste, sorgten sich die Insassen in erster Linie um
ihr schlecht verstautes Equipment, das ungebremst
nach vorne katapultiert wurde. Frank, der Gitarrist,
konnte seine Westerngitarre gerade noch von

ungewollten Flugversuchen abhalten. »Hey, verdammt!«, schrie der junge Mann erschrocken, während er den Instrumentenkoffer panisch festhielt. Dieser Kasten war wie alles andere eine träge Masse, die die Abbremsung nicht mitmachen wollte und nach vorne schoss. Auch Schrödingers Katzenkiste wäre diesem Naturgesetz gefolgt. Mit dem Unterschied, dass die Katze in der Box mittlerweile neunzig Jahre alt sein musste. Insofern wäre sie mit hundertprozentiger Sicherheit schon längst verstorben. Frank rettete hier gewiss kein Samtpfötchen, sondern seine sechssaitige Geliebte, der er irgendwann sogar einen Namen gegeben hatte. Für den Gitarristen hatte „Blue" einen ideellen Wert, da sie das letzte Geschenk seiner verblichenen Mutter an ihn war. Daher hatte Frank zu diesem Instrument eine geradezu emotionale Bindung. Im Gegensatz zu Schrödingers Katze, von der niemand wirklich wusste, ob sie tot oder etwa doch lebendig war, war seine „Blue" voller Leben, wenn Frank auf ihr spielte. Den Fahrer des Kleinbusses störte weder die fehlende Ladungssicherung noch das Geschrei seiner Passagiere. Hier auf den Philippinen galt schließlich nicht die gute alte Straßenverkehrsordnung, sondern eher das Recht des Stärkeren. Insofern mussten sich Touristen schon an die örtlichen Gegebenheiten anpassen und etwas mehr Toleranz zeigen. Davon war der kleine drahtige Mann absolut überzeugt, während er nur mitleidig grinste, um zeitgleich das Radio anzuschalten. Denn wenn laute Musik lief, konnte er sich unnötige Diskussionen oder gar Vorwürfe definitiv ersparen. Kaum ertönte ein Song, hatten auch seine Fahrgäste den Beinaheunfall fast vergessen. Aus den notdürftig befestigten Lautsprecherboxen, die nur aus Klebeband und provisorischen Holzumrandungen zu bestehen schienen, erklang ein Lied, das nun wirklich jeder kannte. Stefan Teiler, der Frontman der Band „Aero", begann fröhlich die Strophen anzustimmen, doch bevor er den Refrain mitsingen konnte, wechselte der philippinische Fahrer abrupt den Radiosender. Stefan empfand so etwas Ähnliches wie Enttäuschung, allerdings nur kurzzeitig, weil der Chauffeur schon wieder eine Vollbremsung mit obligatorischem Ausweichmanöver durchführen musste. Eine ältere Frau, die am Straßenrand einen Verkaufsstand betrieb, hatte gerade nach einem herrenlosen Hund getreten, der ein Stückchen Hühnerfleisch stibitzen wollte. Eine Mutter mit vier kleinen Kindern, die dort zeitgleich vorbeimarschierte, sah sich daher gezwungen, mit ihren Zöglingen auf die Fahrbahn auszuweichen. Mit solchen Aktionen musste man jederzeit rechnen, denn ausgebaute Gehwege suchte man hier vergebens. Ein absolutes Manko, wobei es bei dem aus europäischer Sicht ziemlich chaotischen Straßenverkehr immer wieder zu schweren Unfällen mit Fußgängern kam. Die Frau konnte ihre Kinder und sich nur vor einer Kollision retten, indem sie im letzten Moment alle zum Fahrbahnrand sprangen. Der armselige Hund zwängte sich derweil zwischen ihnen hindurch, um sein erbeutetes Fleischstückchen in Sicherheit bringen zu können. Wie durch ein Wunder wurde er nicht überfahren. Stattdessen schaffte er es unbeschadet über die staubige Straße und trottete eilig davon.

Stefan, Frank, Marc und Andy starrten durch die schmierigen Autoscheiben nach draußen, um sich alles andere als tiefenentspannt zu ihrem ganz persönlichen Event des Jahres kutschieren zu lassen. Nervös trommelte Andy mit beiden Händen auf seinen Oberschenkeln herum, während sein verkrampftes Kichern in ein lautes Lachen überging. Marc, der als Bassist erst vor vier Monaten zur Band gestoßen war, flüsterte seinen Mitmusikern irgendetwas zu. »Was meinst du, Mister Tieftöner?«, fragte Andy daraufhin feixend. Gerade hatte der Filipino die landesübliche Folkloremusik noch eine Spur lauter aufgedreht. »Wir sind ja hoffentlich bald da, Jungs! Gehen wir mal davon aus, dass es dort eiskaltes oder zumindest kühles Bier gibt. Dann wird zuerst einmal mit dem frischgebackenen Bräutigam angestoßen, oder?« Stefan Teiler musste seine Freunde regelrecht anschreien, da der hektische Radiosong an Lautstärke weiter zuzunehmen schien. Marc grinste etwas genervt, war aber insgeheim froh, dass sie unterwegs waren. Letzte Nacht hätte für ihn auch äußerst böse ausgehen können.

Am vorherigen Abend wollten es die jungen Männer eigentlich gemütlich angehen lassen, um auf dem Weg zur Hochzeit weitestgehend fit zu sein, aber nach seiner vierten Flasche „Red Horse-Super" bekam Marc ganz andere Ideen. Kein Wunder; dieses Gesöff war mit Vorsicht zu genießen, denn mit seinen zehn Prozent Alkohol war die Brühe etwa doppelt so stark wie deutsche Biersorten. Stefan kannte Marc nicht besonders gut, aber das sollte sich über Nacht ändern. Schon bevor sie zum Abendessen gingen, gab sich ihr Bassist beinahe manisch. Er machte laufend Witze; stichelte das eine oder andere Mal gegen alles und jeden. Marc Paulson benahm sich, als ob er sich in den Wiedergänger des guten alten Klaus Kinski verwandeln würde. Sobald die vier jungen Männer das Horizon-Hotel verlassen hatten, rannte ihr musikalisches Nesthäkchen Marc auch schon los. Er musste nicht weit laufen, denn ihr Hotel befand sich direkt an der beliebtesten Amüsiermeile der Stadt. Gewissermaßen mitten im Trubel.

Die restlichen Musiker waren trotz Marcs eigenwilliger Stimmung aber durchaus in Feierlaune und so folgten sie ihrem Bassisten, der auf der „Mango Avenue" einen ansprechenden Club suchte. »Coole Atmosphäre oder? Los; da rein ihr Loser«, rief Marc, als er vor einer Bar zum Stehen kam. Augenblicklich hatte nicht nur Stefan ein flaues Gefühl in der Magengegend, aber als Marc die auffällige Lokalität betrat, mussten seine Freunde ihm schon wohl oder übel folgen. Hier in Cebu-City sollte es, zumindest laut Aussage diverser Medien schon um einiges sicherer sein als in Manila. Allerdings hätte ein einzelner Tourist naturgemäß ein leichtes Opfer sein können. Daran dachten Stefan, Frank und Andy nicht, während sie den gut besuchten Club betraten. Das Ambiente war modern, die Musik ziemlich laut, aber gut. Außerdem schien bei den Gästen ein massiver Frauenüberschuss zu herrschen. Erwartungsvoll wollten die vier jungen Männer unmittelbar am Tresen Platz nehmen, nur kam es gar nicht erst dazu. Eine großgewachsene Filipina stand plötzlich neben Marc. Die ausgesprochen hübsche Frau begrüßte den Bassisten so überschwänglich, als ob sie ihn schon ewig kennen würde und manövrierte die Männer zu einer behaglichen Sitzgruppe. Bevor sie es sich dort bequem machen konnten, hatten sich schon drei weitere Frauen zu ihnen gesellt. Die Jungs kamen sich vor wie Rockstars, denn von den Filipinas war eine attraktiver als die andere. Nur legte sich das Interesse der Damen recht schnell, nachdem sie begriffen hatten, dass die jungen Männer nicht unbedingt bereit waren, ihnen Champagner oder ähnlich teure Cocktails zu spendieren. Die einzige Filipina, die blieb, begnügte sich mit einer Flasche Bier, um Marc nach wie vor anzuhimmeln. Dem Bassisten ging dieser Flirt runter wie Öl, denn im Gegensatz zu seinen Bandkollegen hatte er derzeit kein Mädchen zuhause, dem er treu sein musste. Er war Single und gerade dabei, Feuer zu fangen. Seinen Begleitern, insbesondere Stefan gefiel die Situation immer weniger, denn mittlerweile tauschte Marc mit seiner neuen Perle schon Zärtlichkeiten aus. Im Klartext knutschten die beiden wie wild und befummelten sich, als gäbe es kein Morgen. Bevor das frisch gebackene Pärchen quer auf ihnen zum Liegen kommen konnte, standen Stefan, Frank und Andy besser wortlos von der Couch auf, um sich danach nebeneinander an den ellenlangen Tresen zu stellen. Keine drei Sekunden später waren die Männer bereits von einer Horde Mädchen umringt, die ihnen unentwegt schöne Augen machten. »Trouble in Paradise«, witzelte Stefan und erneut fühlten sich die Hobbymusiker wie Stars, die sich vor ihren Groupies gar nicht retten konnten. Andy meinte sogar, dass dieser Club wohl die allerbeste Location für ihr demnächst geplantes Musikvideo wäre. Frank stimmte johlend zu, während er mit einer philippinischen Schönheit anstieß. Die Männer genehmigten sich noch ein paar weitere Drinks, während ihre neuen Fans unablässig mit ihnen flirteten. Plötzlich stoppte die laute Popmusik und auf der anderen Seite des Clubs ertönte eine Männerstimme. Da sang doch tatsächlich jemand zu einem Ohrwurm aus den Siebzigern. Der alte CCR-Song „Proud Mary" lief und ein glatzköpfiger Amerikaner, der auf einer kleinen, aber gut ausgeleuchteten Bühne stand, sang gar nicht mal so schlecht dazu. Den Gästen gefiel es scheinbar, denn sie klatschten begeistert, als der Mann freudestrahlend seinen Song beendet hatte. Als Nächstes trat eine jüngere Frau auf die Bühne, warf einige Pesos in die aufgestellte Karaokemaschine, um dann „Ma Baker" von der Gruppe Bonny M anzustimmen. Als das Lied zu Ende war und auch die Frau unter tosendem Applaus abgefeiert wurde, schauten Andy und Frank zu Stefan, wobei ihr Lächeln schon beinahe schelmisch wirkte. »Los Steven, jetzt zeig denen mal, was du kannst!«, sagte Andy, während er Stefan aufmunternd auf die Schulter klopfte. »Genau Bro, jetzt hat Mister Steven Tyler seine Stimmbänder ausreichend mit „Red Horse" Bier geölt. Los Bro, sing uns allen was vor. Du kannst es auch als Übung, gewissermaßen als Feuertaufe für morgen Abend sehen. Auf gehts, tu dir keinen Zwang an!« Nach dem Spruch gab Frank

seinem Freund einen leichten Klaps zur Bestäti-
gung. Stefan Teiler, der von seinen Bandkollegen
gerne und oft mit dem Namen des berühmten
Rocksängers tituliert oder vielmehr geneckt wurde,
konnte nicht mehr zurück. Selbst wenn er wollte,
drücken konnte er sich definitiv keinesfalls davor.
Zudem schauten ihn nicht nur seine Bandkollegen
erwartungsvoll an. Auch die flirtwütigen Filipinas,
die zwar nur rudimentäres Englisch und gar kein
Deutsch sprachen, wussten genau, um was es ging.
So ergriff eine der jungen Frauen Stefans Hand, um
ihn hinter sich her zu ziehen, bis der Sänger der
Band „Aero" letztlich, wenn auch ungewollt auf der
kleinen Bühne stand. Gerade betrat eine größere
Menschengruppe johlend die Bar. Wahrscheinlich
waren es Amerikaner, weil sich jedes zweite Wort
nach „Exciting" oder „Amazing" anhörte. Nette
Leute, aber Stefan Teiler, der das aufgestellte
Mikrofon testen wollte, verstand bei dem Krach
sein eigenes Wort nicht mehr. Die junge Filipina,
die ihn mutmaßlich zu seinem Auftritt genötigt
hatte, lächelte breit und warf ein paar Pesos in den
Karaoke-Automaten. Dann zeigte sie ihm an, dass
er sich einen Song aussuchen sollte, was er dann
auch gezwungenermaßen tat. Die Liedauswahl war
überschaubar. Verschiedene Songs waren durch-
kreuzt und somit wahrscheinlich nicht vorhanden.
Bei dem einen oder anderen Musikstück stand
„Your own risk", also „auf eigenes Risiko"

darunter. Stefan schüttelte ungläubig und beinahe verzweifelt seinen langhaarigen Kopf, bis er sich für einen alten Beatles-Song entschied. „While my guitar gently weeps". Oh ja, das würde er singen. Schließlich war der Song eines seiner vielen Lieblingslieder. Nur nicht unbedingt das Original, das George Harrison geschrieben und 1968 auf dem sogenannten Weißen Album der Beatles veröffentlicht hatte, sondern eher die Coverversion von Peter Frampton oder die des blinden und leider zwischenzeitlich verstorbenen Gitarristen Jeff Healey. Beides waren geniale Versionen eines unumstrittenen Welthits. Also drückte er die Tasten und sobald die ersten Akkorde erklangen, gab es für Stefan kein Halten mehr. Er musste noch nicht einmal zum Monitor schauen, denn den Songtext konnte er ohnehin auswendig. Der Sänger der Band „Aero" gab alles. So tänzelte oder vielmehr sprang er sogar über die noch nicht einmal vier Quadratmeter große Bühne, um seinen Zuschauern auch was zu bieten. Dabei fühlte sich Stefan Teiler unter dem Alkoholeinfluss von „Red Horse" wirklich eine kurze Zeit lang wie Mister Steven Tyler, den er nur allzu gerne imitierte. Seine hektische Performance passte zwar keinesfalls zu dem ruhigen Song, aber ihm war einfach danach. Die wenigen Zuschauer, die unmittelbar vor der Karaoke-Bühne saßen, unterhielten sich, klatschten aber auch dann und wann höflich in seine Richtung. Allerdings drehten sich auch einige weg, um nach den Amerikanern zu sehen, die scheinbar auf einen Geburtstag anstießen. Es konnte auch ein Junggesellenabschied gewesen sein, so genau konnte das wahrscheinlich niemand sagen. Eigentlich hatte Stefan vor, noch einen zweiten Song zum Besten zu geben, aber durch das augenscheinlich schwindende Interesse an seiner musikalischen Leistung beließ er es bei dem einen. Gegen Ende des Liedes hatte er so gar keine Lust mehr zu singen. So summte und tänzelte er nur, bevor er in einer Bierlache ausrutschte und von der Bühne stürzte. Einen Moment lang waren alle Augen wieder auf ihn gerichtet, aber so hatte es sich Stefan nicht vorgestellt. Unbeholfen und mit einer leichten Platzwunde am linken Knie stand er zutiefst beleidigt auf, während ihm die teils erschrockenen Gäste höflicherweise doch noch ein wenig Applaus spendeten. Auf dem Weg an die Bar klopfte ihm sogar der eine oder andere auf die Schulter, aber das konnte auch durchaus ihrem Mitleid geschuldet sein. Als er mit zerknirschtem Gesichtsausdruck wieder bei Frank und Andy stand, hatten sich die hübschen Filipinas bereits vom Acker gemacht. Auch sie hatten zwischenzeitlich begriffen, dass die Jungs nicht allzu spendabel waren. »War nicht ganz meine Tonart«, versuchte sich Stefan bei seinen Mitmusikern zu rechtfertigen, aber nachdem Frank eine weitere Runde geordert hatte, war der missglückte Auftritt auch vergessen. Zumindest bei Stefans Freunden, die mittlerweile ordentlich einen im Tee hatten, war das so. Plötzlich stand die kleine Frau wieder hinter Stefan, und zwar genau die, die ihn zu diesem Karaoke-Auftritt genötigt hatte. Sie trug eine Flasche Cola in der Hand und versuchte, ihm irgendetwas zu sagen, was er aber bei dem ganzen Radau nicht richtig mitbekam. Nachdem er sich etwas verschämt zu ihr hinuntergebeugt hatte, verstand er dann doch, was sie ihm mitteilen wollte. Dabei zeigte sie auf eine gerade freigewordene Sitzecke. Zuerst stand Stefan auf dem sprichwörtlichen Schlauch, aber dann dämmerte es ihm. Die Filipina zeigte in Richtung seines Bandkollegen, der augenscheinlich mit seiner neuen Flamme verschwunden war. Sofort fragte der Sänger seine beiden Kameraden, ob sie denn wüssten, wohin sich Marc verkrümelt hatte, aber beide Männer zogen nur unwissend die Schultern hoch. Marc war offenbar weg und seine Freunde schauten sich fragend in alle Richtungen um. Normalerweise wäre das noch kein Beinbruch gewesen, aber die Frau, die neben Stefan stand, wirkte sichtlich alarmiert. Sie erzählte, dass sie Marcs derzeitige Begleitung schon früher in anderen Clubs erlebt hätte. Dabei zeigte sie auf ihren und dann auf Stefans Hals. Zuerst konnten sich die Jungs keinen Reim darauf machen, aber als die junge Frau Stefan beherzt in den Schritt fasste, waren sie perplex, aber schlauer. Das mit dem Hals war ihnen nun auch klar. Sie wollte ihnen verständlich machen, dass Marcs Begleitung einen Adamsapfel unter ihrem bunten Halstuch versteckte. Da sie das nicht checkten, musste ein Griff an Stefans Kronjuwelen alle Fragen diesbezüglich klären. Marc war mit einem sogenannten Ladyboy unterwegs, das war spätestens jetzt allen bewusst. Dagegen war per se ja auch nichts zu sagen, nur stand nun die Frage im Raum, wie wohl Marc auf solch eine Überraschung reagieren würde. Da der Bassist schon den ganzen Abend ein gewisses Maß an unterschwelliger Aggressivität zeigte, machten sich seine Freunde eher ernsthafte Sorgen um seine Begleitung.

Noch keine fünf Minuten später wankte ein sichtlich angeheiterter Bassist in die Bar und schnurstracks auf seine Bandmitglieder zu. Marc machte sowohl einen geschockten, aufgekratzten als auch enttäuschten Eindruck. Gestenreich und lallend versuchte er seinen Freunden zu vermitteln, was er soeben erlebt hatte. Irgendwann begann er zu schluchzen, während ihm die Tränen über beide Wangen liefen. »Tot … Ganz bestimmt ist sie tot, … ihr Hals war total verdreht … Sie muss den Lkw übersehen haben!« Diese Satzfetzen wiederholte Marc immer wieder. Kurz darauf standen die jungen Männer vor dem Club und schauten verstört auf die „Mango Avenue", die richtigerweise General Maxilom Avenue hieß. Mit den Namen ist das halt so eine Sache. Sicherlich kannten sowohl Einheimische als auch Touristen den früheren Straßennamen und benutzten ihn nach wie vor. Ähnlich verhielt es sich mit dem leblosen Körper, der gerade in einem Rettungswagen verstaut wurde. Armei, die eigentlich Arvin hieß, hatte sich den Ausklang dieses Abends doch ganz anders vorgestellt. Die oder eher der bildhübsche Filipino, der nur ein paar Straßen weiter aufgewachsen war, hatte immer noch die Verantwortung für seine kleineren Geschwister, die sich mit Betteln oder Diebstählen über Wasser halten mussten. Im Laufe der Zeit fand er irgendwann heraus, dass die in seinen Augen reichen Touristen nur allzu leicht auszunehmen waren. So war das Ladyboy-Business eher aus der Not geboren und nicht immer erfolgreich. Am heutigen Abend sollte sein schauspielerisches Talent dann doch Früchte tragen. Nachdem er sich ein etwas beschwipstes und liebesbedürftiges Opfer ausgesucht hatte, würde er all seinen Charme spielen lassen. Zum finalen Liebesakt ließ er es allerdings niemals kommen, denn wenn seine Kurzzeitliebhaber irgendwann mit heruntergelassener Hose dastanden, war er mit ihrem Geld schon über alle Berge. So sollte es auch am heutigen Abend laufen. Als er mit dem angetrunkenen Marc die kleine Bar verließ, standen dessen Begleiter noch am Tresen, um ihrem Freund beim Karaoke zuzuschauen. Diese Ablenkung nutzte Arvin alias Armei natürlich gerne. So nahm er den angetrunkenen Marc bei der Hand und achtete darauf, dass er sich nicht von seinen Kameraden verabschieden konnte. Draußen vor dem Club ging dann alles rasend schnell. Marc wurde noch ein letztes Mal fest umarmt und nach einem langen Kuss drehte sich Arvin plötzlich von ihm weg, um unerwartet Fersengeld zu geben. Natürlich hatte die scheinbar heiße Braut letztlich Marcs Portemonnaie erbeutet. Insofern war ihr der junge Deutsche nun eher lästig und es war höchste Zeit zu verschwinden. Nur sprachen zwei Gründe dagegen. Zum einen waren da die hochhackigen High Heels, die eine Flucht nicht allzu einfach machten; zum anderen lief die Diebin, der Dieb oder was auch immer, direkt vor den Kühler eines heranbrausenden Lastkraftwagens. Der Kühltransporter machte kurzen Prozess mit dem Persönchen, dabei flogen sowohl ein blutrot lackierter Damenschuh als auch die besagte Geldbörse zum Fahrbahnrand und somit in Marcs Richtung. Dem jungen Mann ging es gewissermaßen wie Lots Weib. Er war sekundenlang zur Salzsäule erstarrt, um immer wieder abwechselnd zu diesem schrecklichen Zusammenstoß und seinem Portemonnaie zu blicken. Das Verkehrsopfer, das ihm nur Sekunden vor dem heranrollenden Tod noch ein ernst gemeintes »Goodbye« zugeflüstert hatte, lag blutüberströmt auf der Mango Avenue. Ihr oder sein ganzer Körper war geradezu grotesk verbogen. Durch den brutalen Aufprall brachen sämtliche Knochen, der Kopf war verdreht und nachdem der Ladyboy auf dem harten Asphalt aufgeschlagen war, hatte das linke Vorderrad des Lasters auch noch seine Hüfte erwischt und nahezu plattgefahren. Marc Paulson konnte nicht mehr hinschauen. Traumatisiert griff er sich seine Geldbörse, um sich darauf wie in Zeitlupe vom Ort des Geschehens zu entfernen. Völlig fertig wankte der Bassist im Anschluss zu der Bar, aus der sie vor Minuten erst gekommen waren. Zwei Security-Mitarbeiter sahen ihn entgeistert an, ließen ihn aber unbehelligt eintreten.

Wie bereits erwähnt hatte Marc seinen Freunden zumindest ansatzweise zu erklären versucht, was er soeben erlebt hatte. Mittlerweile waren auch ein paar Polizisten dort, die zumindest den Eindruck machten, ihrer Arbeit nachkommen zu wollen. Doch als Marc sich einem Ordnungshüter nährte, während der Rettungswagen gerade losfuhr, zogen ihn seine Kameraden abrupt zurück. »Verdammt Marc, lass uns hier verschwinden, Mann! Verdrücken wir uns lieber, bevor die Polizei noch Fragen stellt.« Marc schaute Stefan entgeistert an. »Wieso, was habe ich denn getan? Sie ist einfach auf die Straße gelaufen, direkt vor den Lkw!« Während die vier sich zügig von der Unfallstelle entfernten, sagte keiner ein Wort, zumindest auf den ersten hundert Metern. Dann begann Marc wieder zu murmeln. »Warum nur? Warum um Gottes Willen hat sie das getan?« Stefan, Frank und Andy sahen sich gegenseitig wortlos an, bevor Stefan sich flüsternd an seinen Bassisten wandte. »Du hast ihn nicht auf die Straße gestoßen, oder? Vielleicht aus Wut, darüber …?« Marc sah Stefan schockiert an, ehe er den Sänger zornig am T-Shirt packte. Der dünne Baumwollstoff zerriss sofort. Unmittelbar danach gingen seine Freunde dazwischen. Andy hielt Marc eine ganze Zeit im Schwitzkasten, wobei Stefan und Frank beschwichtigend auf ihn einredeten. Total bestürzt beruhigte sich der Bassist daraufhin wieder, um sich gleichzeitig für seinen Wutausbruch zu entschuldigen. Nachdem sich die Gemüter etwas abgekühlt hatten, kartete Marc hingegen nach. »Sorry, aber verdammt nochmal ihr blöden Arschlöcher! Wie könnt ihr bloß denken, dass ich jemanden umbringen könnte. Dass sie ein Kerl war, glaub ich einfach nicht. Das hätte ich doch merken müssen!« Marcs Stimme bekam einen weinerlichen Unterton, der aber auch zum Teil dem Alkoholgenuss geschuldet sein konnte. Stefan zog sich sein zerrissenes Shirt zurecht und klopfte Marc sanft auf die Schulter. »Lass uns wieder zum Hotel zurückgehen, Bro! Es ist spät und morgen früh gehts schließlich auf die Feier. Wir brauchen jetzt alle noch ein bisschen Schlaf.« Marc nickte etwas zögerlich und so gingen die vier Männer weiter die Straße entlang. Ungefähr hundert Meter vor ihrem Hotel zog es den Bassisten dann aber in ein größeres Geschäft, indem es alles Mögliche zu kaufen gab. »Was will der denn jetzt noch in diesem Laden, verflucht? Ich will jetzt endlich ins Hotel.« Andy, dem Schlagzeuger, gingen langsam, aber sicher auch die Nerven durch. Kurz nachdem Marc in dem Kaufhaus verschwunden war, tauchten mindestens ein Dutzend Kinder vor dem Eingang auf, um zu betteln. Nachdem sie Stefan, Frank und Andy entdeckt hatten, umringten sie die jungen Männer und redeten unentwegt auf sie ein. Die Heranwachsenden gingen natürlich davon aus, dass alle Touristen per se reich wären und rückten den Musikern schon beinahe impertinent auf die Pelle. Da die drei Deutschen vor dem Kaufhaus auf ihren Freund warten mussten und sich somit nicht einfach davonstehlen konnten, reagierte Frank und verschwand ebenfalls im Laden. Nur eine Minute später kam er mit einer großen Tüte Süßigkeiten heraus, die er dann unter wildem Geschrei der Kids unter ihnen aufteilte. Jeder der aufdringlichen kleinen Bettler wollte selbstverständlich etwas abhaben und so erinnerte die Szenerie entfernt an eine Raubtierfütterung. Sobald aber alle einen Schokoriegel abbekommen hatten, zogen die Halbwüchsigen lärmend und gut gelaunt weiter. »Wusste gar nicht, dass du so eine soziale Ader hast, Franky? Aber die Aktion war schon cool.« Stefan lächelte seinen Gitarristen an, um sich im gleichen Moment über sich selbst zu ärgern. Auf eine solche Idee hätte er doch auch kommen können. Es wurde zwar überall davon abgeraten, den Bettlern Geld in die Hände zu drücken, aber Nahrungsmittel oder zumindest etwas Essbares würde doch den Hunger dieser Kids eine Zeit lang stillen. Selbst wenn man wollte, konnte man sich dem Anblick dieser Armut nicht entziehen. Mit solchen Gedanken im Kopf stand Stefan da, während er den bedauernswerten Kindern hinterher sah. Er hatte gar nicht mitbekommen, dass Marc neben ihm stand und ihm etwas in die Hand drücken wollte. Der Bassist überreichte Stefan schuldbewusst, aber geradezu feierlich ein tiefschwarzes T-Shirt mit Aufdruck. Stefan Teiler war verdutzt, peinlich berührt aber auch irgendwie froh, dass sich Marc bei ihm in einer solchen Art und Weise entschuldigte. Außerdem war sein zerrissenes Shirt ohnehin völlig zerfleddert und durchgeschwitzt. Bei den wenigen Hemden, die er auf dieser Reise dabeihatte, konnte ein zusätzliches wohl kaum schaden. So zog er demonstrativ sein zerfetztes Shirt aus, um Marcs Versöhnungsgeschenk an Ort und Stelle überzu-ziehen. »Sieht geil aus. Nur was soll das darstellen? Ein Katzenkopf ... und mit dem Slogan „Wanted Dead or Alive" kann ich auch nichts anfangen.

Außerdem … wer um Dreiteufelsnamen ist Schrödinger?« Nachdem Andy diese Frage gestellt hatte, schauten ihn die anderen Männer lächelnd, aber auch ein wenig mitleidig an. Stefan grinste breit, versuchte aber seinen Schlagzeuger nicht im Unklaren zu lassen. »Hey Andy, hast du etwa den Physikunterricht bei Wellert geschwänzt? Der Quantenphysiker mit der Katze in der Kiste; jetzt aber … daran musst du dich doch erinnern, wenn es auch schon ein paar Jahre her ist.« Andy schaute drei Sekunden lang Löcher in die Luft, bevor er schmunzelnd antwortete. »Nö! Ist das jetzt eine Bildungslücke, oder was? Fuck You, Bro! Ich war halt nicht im Physikleistungskurs bei diesem durchgeknallten W.W. und das ist auch wirklich keine Schande!« Nach dem nahezu spöttischen Spruch klopfte Frank, der Gitarrist dem Schlagzeuger beschwichtigend auf die Schulter, um die Wogen wieder zu glätten. »Scheiß drauf, Andy. Im Physikunterricht bei dem Pauker Wellert hast du zwar nicht wirklich was versäumt, aber wenn es den guten Willi nicht geben würde, wären wir alle nicht hier. Insofern ein Hoch auf Willi Wellert! Ein Hoch auf den guten alten W.W.« Frank erhob ein imaginäres Glas und prostete damit seinen Freunden zu. »Okay, okay. Wir können ja gleich noch in der Hotelbar einen Drink auf den alten Sack nehmen, wenn ihr wollt«, entgegnete Andy, während sie gemütlich weitergingen. Die Musiker wussten sehr wohl, wem oder welchem Umstand sie diesen privilegierten Aufenthalt zu verdanken hatten. Ohne ihren alten Physiklehrer wäre es dazu sicherlich nicht gekommen. Vor ungefähr zwei Jahren fand an ihrem früheren Gymnasium ein sogenannter Schüleraustausch statt. Damals setzte sich Oberstudienrat Willi Wellert, der selbst mit einer Philippinin verheiratet war, federführend dafür ein. Alles in allem erfolgreich, denn über diese Art der Völkerverständigung lernten sich Lailani und Peter schließlich kennen und lieben.

In etwa zur gleichen Zeit, als Stefan und seine Begleiter das Horizon-Hotel betraten, spazierte ein einsamer Mann durch die Straßen der philippinischen Hauptstadt. Auch in Manila war an jeder Ecke die Armut zu spüren. Sicherlich gab es hier wunderschöne Lokalitäten und interessante Sehenswürdigkeiten, aber für beides hätte Willi Wellert jetzt ohnehin keine Augen gehabt. Der Oberstudienrat war noch vor einer Stunde voller Hoffnung gewesen. Nun aber lief ein desillusionierter Gymnasiallehrer durch ein halbseidenes Vergnügungsviertel. Willi war auf der Suche nach einer Ablenkung, die wie ein Sedativum seine seelischen Schmerzen lindern konnte. Dabei hatte er alles so akribisch geplant. Heute Abend noch wollte er seine Frau bei seinen Schwiegereltern abholen, um mit ihr gemeinsam auf die Insel Cebu zu fliegen. Dort durften sie doch schließlich die Hochzeitsfeierlichkeiten von Lailani und Peter besuchen. Diese Festivität hätte vielleicht auch ihrer Ehe wieder neuen Aufwind beschert. Von alledem wusste Willis philippinische Frau gewiss nichts. Sie hatte nach einem massiven Ehekrach in Deutschland eine vierzehntägige Auszeit bei ihren Eltern in Manila genommen. Willi merkte bereits nach einer Woche, dass er nun derjenige war, der einlenken musste, da er das Alleinsein nur schwer verkraften konnte. Also versuchte er auf diesem Weg seine Ehe irgendwie zu kitten. Die freudige Überraschung, von der er ausgegangen war, stellte sich für ihn hingegen als mindestens unerfreulich heraus. Denn er sah das, womit er definitiv nicht gerechnet hätte; seine Ehefrau in den Armen eines anderen Mannes. Der Gymnasiallehrer scheute meist jegliche Konfrontation und so verzog er sich kopf- und wortlos, ohne seine Frau in irgendeiner Art und Weise zur Rede zu stellen. So wandelte der zutiefst gekränkte Herr Wellert in Manila durch die Nacht, nachdem er den Flug seiner Gattin storniert und einen separaten „1 Person-First-class" Flug für den nächsten Morgen gebucht hatte. Nun lief Willi hochemotional aufgeladen durch die Gegend. Auf der Suche nach einem ansprechenden Nachtclub kam er an den verschiedensten Lokalen vorbei. Alles blinkte, war hell erleuchtet und beinahe vor jeder Bar hatten die Securityleute genug damit zu tun, irgendwelche Bettler davonzujagen. Aus den meisten Tanzschuppen ertönte nerviger Techno oder Pop. Dann aber kam er an einem Club vorbei, aus dem Schlager- und Countrymusik zu hören war. Etwas zog ihn unwillkürlich dorthinein, also betrat er das Lokal. Wie gesagt brauchte er gerade jetzt eine Ablenkung, die ihm die Gedanken an seine vermeintlich untreue Frau nahm. Gleichzeitig wuchs aber auch etwas in ihm, was er an sich selbst gar nicht kannte. Spätestens nach seinem dritten Vodka-Lemon entwickelte Willi Wellert eine Einstellung, die aus einer Gemengelage Enttäuschung, Hass und Hartherzigkeit zu bestehen schien. So nahm er einen Drink nach dem anderen, genoss die Musik und schickte alle Frauen, die auf ihn zukamen, zum Teufel. Gerade erst hatte er einer Filipina eine äußerst unhöfliche Abfuhr erteilt, was ihm bei den anderen Gästen nicht unbedingt Sympathiepunkte einbrachte. Ob er bei seinem Umfeld gut oder schlecht ankam, war Oberstudienrat Wellert aber ausgesprochen egal. Plötzlich verstummte die Musik und die Gesangsanlage wurde eingeschaltet. Auf den Philippinen gilt Karaoke nach wie vor als Volkssport und Willi und dessen Ehefrau hatten sich sogar in Deutschland eine Karaokemaschine angeschafft, um diesem gemeinsamen Hobby auch in ihrem heimischen Wohnzimmer nachgehen zu können. Der Physiklehrer liebte das Singen. Außerdem musste Willi sich selbst eingestehen, dass er den grandiosesten Sex mit seiner Gattin meist nach einem Karaoke-Abend genossen hatte. Es dauerte nicht lange und ein älteres philippinisches Paar betrat die steinerne Bühne am Rande der Tanzfläche. Willi saß gerade einmal vier Meter davon entfernt und hob sein Glas, als wolle er ihnen Mut machen. Gleich darauf ertönte die Musik und die beiden Sänger gaben sich zu „Suspicious Minds" von Elvis Presley die allergrößte Mühe. Sie performten wirklich ausgesprochen gut, aber Willi hatte das Gefühl, es noch bedeutend besser machen zu können. Die diversen hochalkoholischen Getränke, die er weiterhin in sich hineinschüttete, bewirkten sowohl eine Senkung seiner Hemmschwelle als auch eine gnadenlose Selbstüberschätzung. Also sprang er auf, sobald sich das Gesangspaar auf der Bühne verabschiedet hatte. Eigentlich schon vorher. Willi ließ dem Paar noch nicht einmal die Zeit, ihren öffentlichen Auftritt mitsamt dem folgenden Applaus zu genießen. Während die Barbesucher noch begeistert klatschten, bugsierte er die Sänger beinahe körperlich von der Bühne. Das Paar wurde von Willi mehr oder minder oberlehrerhaft vom Podest verwiesen, wobei einige Gäste, darunter auch ein Security-Mitarbeiter langsam nervös zu werden schienen und ihn lautstark auspfiffen. Dem angetrunkenen Gymnasiallehrer war das alles vollkommen egal. Er stand nun auf der Bühne und würde den Leuten schon zeigen, was er konnte. Da er alkoholbedingt alles nicht unbedingt doppelt, aber doch leicht verschwommen sah, fand er zuerst keinen Song, der ihm halbwegs zusagte. Mit der Bedienung der Karaokemaschine hatte er wenig Probleme, denn schließlich war es fast das gleiche Modell, das auch in seinem heimischen Wohnzimmer stand. Mit Müh und Not entschied er sich doch für einen alten Beatsong, aber als er die Wähltasten drückte, kam ihm eine andere Idee. Er wollte oder eher, musste jetzt ein Lied performen, das ihm selbst wieder Mut und Kraft gab. Da er einen MP3-Player in der Hosentasche hatte, nahm er das Teil und steckte es halbwegs souverän in den dazu passenden Anschluss der Gesangsanlage. Sekunden später konnte Willi schon loslegen, während die Clubgäste immer übellauniger wurden. Was daraufhin passierte, lässt sich auch im Nachhinein nur schlecht erklären. Der so dermaßen unsympathisch wirkende Oberlehrer wählte einen Song aus, der den Nachtclub in Windeseile in einen Kriegsschauplatz verwandelte. Frank Sinatras „My way" war ein Garant dafür, dass selbst friedliebende Filipinos völlig ausrasten konnten. Wenn dieser in Teilen selbstgefällige, überhebliche Song von den entsprechenden Leuten vorgetragen wurde, konnte sich ein Aggressionspotenzial entwickeln, das nicht mehr unter Kontrolle zu bekommen war. Zuerst ertönten nur wütende Pfiffe, die Willi noch hämisch grinsend zu ignorieren versuchte. Dann aber flogen Gläser und allerlei Gegenstände in seine Richtung. Eine noch volle Bierflasche traf Herrn Wellert am Kopf. Blut lief ihm am lichten Haaransatz herunter. Trotzdem sang er weiter. Der Saal tobte. Als der Oberstudienrat um keinen Preis mit dem Singen aufhören wollte, hielt es die vollends in Rage geratenen Bargäste nicht mehr auf den Sitzen. Willi Wellert reagierte wie ein aufmüpfiges Kleinkind, dessen Mutter schimpfend gewarnt hatte, bloß nicht auf die heiße Herdplatte zu fassen. Er tat es trotzdem. Jetzt stürmte sogar der Mann des Security-Unternehmens zur Bühne, allerdings nicht, um den durch Glassplitter verletzten Karaoke-Sänger zu schützen. In jener Nacht wurde Oberstudienrat Willi Wellert, der von seinen Schülern zumindest respektiert wurde, auf brutalste Art und Weise totgeschlagen.

Während der mehrstündigen Busfahrt am darauffolgenden Morgen hatte keiner der Bandmitglieder auch nur die entfernteste Ahnung, was ein paar Stunden zuvor W.W. angetan wurde. Sie waren nun schon längere Zeit unterwegs und hatten die Hektik von Cebu City hinter sich gelassen. Ihr gecharterter Kleinbus kämpfte sich gemächlich den Central-Nautical-Highway hinauf, wobei die verbaute Klimaanlage langsam aufgab. Der Filipino verhielt sich mittlerweile auch etwas kollegialer und nachdem das Autoradio ausgefallen war, versuchte er sogar ein paar freundliche Worte mit seinen Fahrgästen zu wechseln. Man merkte, dass seine Anspannung langsam nachließ und als Frank ihn auf sein farbenfrohes „Horizon-Shirt" ansprach, wollte er es sogar verschenken. »This is so cool my friend, is´nt it? Do you want it?«, wiederholte er mindestens drei Mal, aber Frank winkte nur lächelnd ab. »Apropos Shirt«, entgegnete Andy. »Wer von euch ist jetzt der Klugscheißer, der mir diese Physik-Geschichte über „Schrödingers Katze" erklärt?« Stefan, der das besagte T-Shirt trug, zeigte kichernd in Marcs Richtung, doch der winkte mit hochgezogenen Augenbrauen ab. »Erzähl du es ihm, schließlich habe ich es dir geschenkt!« »Okay … Okay!«, antwortete der Sänger, bevor er dieses fast neunzig Jahre alte Gedankenexperiment zu erklären versuchte. Als er damit fertig war, bekam sich sein Sitznachbar vor Lachen bald nicht mehr ein. »So eine gequirlte Kinderkacke«, antwortete Andy, nachdem er sich wieder beruhigt hatte. »Eine Katze, die sich nicht nur in einer Kiste, sondern in einem Zustand zwischen Leben und Tod befinden soll. Zerfällt das radioaktive Element, schlägt der Hammer auf den Glaskolben und entweicht das Giftgas? Fragen über Fragen. Wahrscheinlich ist die arme Katze bis dahin verhungert oder verdurstet! Arme Miezekatze!« »Miau, miau«, antwortete Frank von vorne und alle lachten laut. Selbst der Filipino, obwohl der definitiv keine Ahnung hatte, worum es gerade ging. »Gleichzeitig lebendig und tot … ein Zwischenzustand … das klingt eher nach meiner Ex!«, legte Marc nach und wieder lachten alle. Der Bassist grölte mit, aber eigentlich war ihm absolut nicht danach. Was letzte Nacht passiert war, ließ ihm keine Ruhe. Gut nur, dass seine Bandkollegen ihn damit nicht weiter aufzogen. Vielleicht ahnten sie auch, dass das eine erneute Eskalation zur Folge haben könnte. Eigentlich war er mental so hin und hergerissen, dass er selbst nicht mehr wusste, wie oder was er nun denken oder fühlen sollte. Für ihn war mit das Schlimmste, dass er mutmaßlich mit einem Kerl geknutscht hatte. Allein der Gedanke daran verursachte bei ihm schon Unwohlsein. Dabei hatte er nichts gegen gleichgeschlechtliche Liebe, aber für sich selbst konnte und wollte er so etwas nicht. Marc war nicht homophob, warum denn auch? Er hatte einige schwule und lesbische Bekannte und auch Freunde, die er mochte und respektierte, das war ja nicht der Punkt. Die Vorwürfe, die er sich machte, waren zweigeteilt. Auf der einen Seite ärgerte er sich über sich selbst, weil er sich unter Alkoholeinwirkung täuschen ließ. Auf der anderen Seite empfand er aber auch eine ehrliche Trauer. Hätte er den Tod seines gestrigen Flirts vermeiden können? Hatte er eine gewisse Mitschuld dran? Höchstwahrscheinlich oder eher ganz bestimmt wäre es nicht dazu gekommen, wenn er nüchtern und nicht so ein liebesbedürftiges Opfer gewesen wäre. Marc schämte sich dafür. Er hatte das Gefühl, dass er gestern Nacht sozusagen im falschen Film gewesen war. Alles in allem hinterließ bei ihm aber einen bitteren Nachge- schmack. Er hatte sich zwar königlich amüsiert und alle Berührungen und Küsse geradezu aufgesogen wie ein ausgetrockneter Schwamm im Regen, was sein Gewissen zusätzlich belastete, aber was war die Lehre daraus? Trink nicht so viel und achte auf deine Mitmenschen und nicht zuletzt auf dein Portemonnaie. Nein, so einfach würde er es sich nicht machen können. Dass er oder sie ihn bestehlen wollte, war eine Sache, dass er sich täuschen ließ, eine andere. Aber den Tod hatte er oder sie wirklich nicht verdient. Bei dem Gedanken daran schossen Marc unwillkürlich Tränen in die Augen. Er wischte sie mit dem Handrücken weg, bevor seine Freunde etwas davon mitbekommen konnten. Seine Bandkollegen waren allerdings ohnehin so abgelenkt, dass sie aus dem Staunen gar nicht mehr herauskamen. Gerade fuhren sie unter einem Torbogen durch; der Andy ein verblüfftes »Ach du Scheiße« entlockte. Seine Freunde sahen nur eine mondäne Villa mit Nebengebäuden und Pferdekoppeln, aber Andy wusste es besser. Schon sein Vater hasste es. Da er sich damals jede Woche mit seiner Großmutter diese Seifenoper anschauen musste. Eine Fernsehserie, die in den Achtzigern zur besten Sendezeit die Gassen leerte. Ohne Frage; sie waren gerade nicht auf der philippinischen Insel Cebu. Irgendetwas musste den Kleinbus nach Texas teleportiert haben. So zumindest empfand es Andy, dessen Mund immer noch offenstand. Es war nicht nur auf dem Torbogen zu lesen, auch die Gebäude und das gesamte Umfeld mussten eins zu eins übernommen worden sein. Andy schaute sich ungläubig nach allen Seiten um, als sie vor dem Haupthaus ausstiegen. Als ihnen dann noch ein Mann mit Cowboyhut entgegenkam, prustete Andy nur noch kichernd: »Verflucht noch mal, ich glaub, ich spinne! Jungs; wir sind hier auf der „Southfolk Ranch" und da vorne kommt J.R.« Die Mitmusiker des immer durcheinander werdenden Schlagzeugers konnten nur wenig mit dessen Aussagen anfangen. Denn schließlich lief die Fernsehserie „Dallas" nicht in ihrer Jugendzeit und wenn überhaupt, hatten sie diese Seifenoper nur sporadisch auf dem Schirm. Andy hingegen hatte sich alle Folgen über die Ewings auf DVD besorgt, weil er wissen wollte, was seine Oma liebte und seinen Vater unsäglich genervt hatte. Während der Shuttlebus wieder losfuhr und die Band (mitsamt Gepäck und Instrumenten) von dem Mann mit Hut begrüßt wurde, ging Andy ein paar Meter zurück, um sich gänzlich umschauen zu können. Es war hier wirklich so, wie in der TV-Serie, daran bestand für den Schlagzeuger der Band „Aero" kein Zweifel mehr. Genauso wenig wie, dass der Mann mit dem Stetson wahrscheinlich der größte Fan von „Dallas" war. Eine Stunde später saßen die jungen Männer am Swimmingpool hinter dem Haupthaus und warteten auf ihren Freund den Bräutigam. Laufend kamen Bedienstete vorbei, die ihnen Wasser und irgendwelche Snacks brachten, aber von Peter war immer noch nichts zu sehen. »Komisch, dass sich Peter nicht blicken lässt. Eigentlich dachte ich, er würde uns mit eisgekühltem Bier willkommen heißen.« Stefan schaute fragend in die Runde und nahm einen großen Schluck Mineralwasser. »Wahrscheinlich ist das hier Tradition, dass man die Braut und den Bräutigam erst kurz vor der Hochzeit zu Gesicht bekommt«, antwortete Frank, als er seine Gitarre stimmte. »Vielleicht haben sie Peterchen ja auch eingesperrt und lassen ihn erst kurz vor dem Ehegelöbnis aus seinem Zwinger«, entgegnete Marc, worauf alle lachten. Dann erwähnte Stefan etwas, das seine Kollegen zum Nachdenken brachte. »Warum wurden wir zuerst in Cebu-City untergebracht und nicht direkt hier. Sollten wir keine Chance auf einen zünftigen Junggesellenabschied bekommen. Irgendetwas passt doch nicht?« Die Jungs überlegten und schwiegen, nur Marc antwortete grinsend. »Wahrscheinlich hat Peters angehender Schwiegervater nicht nur „Dallas", sondern auch „Hangover" geschaut. Es wäre doch durchaus denkbar, dass wir J.R.s Schwiegersohn gestern Nacht unter bewusstseinsverändernde Drogen gesetzt hätten, um ihn dann anschließend mit schwerem Gedächtnisverlust irgendwo auszusetzen, oder?« Alle lachten, als ein schneeweiß gekleideter Diener um die Ecke kam. Sich immerfort höflich verneigend, gab er Stefan einen Briefumschlag in die Hand, bevor er sich wieder eilig entfernte. Der Sänger öffnete den Umschlag, nahm den Brief heraus, um ihn seinen Mitmusikern laut vorlesen zu können.

»Liebe Band, bitte betreten Sie um Punkt 20:00 Uhr die betriebsfertige Bühne. Ein Bühnentechniker ist bereits vor Ort. Ab 16:00 Uhr wird dort schon traditionelle philippinische Musik gespielt. Meine Familie und ich gehen davon aus, dass Sie die Hochzeitsgesellschaft bestens unterhalten. Viel Glück! Anbei noch eine Liste von Songs, die Sie … Verdammt noch mal«. Ein kurzer Windstoß wehte das Blatt Papier aus Stefans Hand und beförderte es in den Swimmingpool. Stefan griff sich in Windeseile einen Köcher, mit dessen Netz man beispielsweise Blätter oder ertrunkene Insekten aus dem Wasser fischen konnte. Als er das nasse Papier wieder in Händen hielt, war die Tinte darauf schon beinahe komplett verlaufen. Nur die Songliste selbst war nicht mit dem Poolwasser in Berührung gekommen, aber auch nur deshalb, weil Frank hinterherhechtete und sie noch gerade so zu greifen bekam. Erleichtert übergab der Gitarrist sie dem Sänger, der von den restlichen Musikern durchaus als Bandleader akzeptiert war. »Okay, Jungs. Dann lasst uns mal schauen, was diese verrückte Familie sich so songmäßig wünscht.« Stefan hatte diesen Satz noch nicht zu Ende gesprochen, da verzog er schon sein Gesicht. »Was ist das denn für 'ne Setlist?« Beinahe angewidert reichte er das Papier weiter. Der Gitarrist schmunzelte. »"Take me home country road" und die Sinatra Nummer kenn ich. Alles andere können die sich in die Haare schmieren, oder?« Die jungen Männer nickten zustimmend. »Los, jetzt schauen wir uns um und suchen vor allem die Bühne. Vielleicht läuft uns ja Peter auf dem Weg dorthin über die Füße.«

Also verließen die Musiker den hinter einer Sicht-schutzmauer versteckten Bereich des Swimming-pools und staunten nicht schlecht. Sie hatten von dem ganzen Trubel der Feier so gut wie nichts mitbekommen. Mittlerweile parkten eine Menge extrem teurer Luxuskarossen vor dem Haupthaus. Permanent stiegen irgendwelche aufgehübschten Menschen aus, die alle einen schwerreichen Eindruck machten. Das Einzige, was noch fehlte, war definitiv ein roter Teppich. Aber das störte die Hochzeitsgäste nicht weiter. Wie eine Schlange, die sich ihren Weg bahnte, so bewegte sich die Menschentraube zu einer umgebauten Scheune, die auch die Bühne verbarg. Direkt daneben und davor standen Ordner, die den Gästen ihre Plätze zuwiesen und einen bestimmten Teil der Scheune sicherten. »Wie ein Boxring, oder?«, sagte Andy zu Stefan, doch der nickte nur. Er fragte sich, wo um Gotteswillen denn ihr gemeinsamer Freund Peter abgeblieben war. Selbst wenn er nur fünf Meter von ihm entfernt sein sollte, würde er ihn unter diesen vielen Leuten wahrscheinlich gar nicht entdecken können. Andy hatte Recht. Die Örtlichkeit wirkte eher, als würde hier gleich eine Weltmeisterschaft im Schwergewichtsboxen stattfinden. Das war keine Bühne, das war nichts anderes als ein Boxring. Sicherlich standen dort Lautsprecher und allerlei Musikequipment aber hinter den Seilen. Dann ertönte plötzlich Musik aus den Boxen und absolut unerreichbar für jeden der vier Musiker schritt Lailani ganz in Weiß an der Hand ihres Vaters durch das große Gebäude. Direkt dahinter führte eine kleine Filipina, wahrscheinlich Lailanis Mutter, einen bleichen Deutschen im hellen Anzug neben sich her. Das Ganze und vor allem Peters schlurfender Gang hatte so gar nichts Feierliches. Selbst ein Blinder hätte die Nervosität und Angespanntheit des Bräutigams mitbekommen. Die Trauungszeremonie war kurz und schmerzlos ganz im Gegensatz zu dem, was jetzt noch kommen würde. Die Gäste johlten und klatschten. Direkt nach dem beiderseitigen Ja-Wort und dem Segen des philippinischen Geistlichen begann sich Peters Schwiegervater vor allen Leuten unter frenetischem Beifall auszuziehen. Das gleiche wurde jetzt auch von Peter erwartet, aber der weigerte sich, bis seine frischgebackene Schwiegermutter die Nerven verlor und an seinem Sakko zerrte. Widerwillig zog auch er sich bis auf die Unterhose aus, wobei Lailani nur peinlich berührt auf den Boden starrte. Die Freunde und Bandmitglieder der Gruppe „Aero" schauten sich nur ratlos an, bis Andy auf einen Flyer in der Ecke zeigte. „Beat the groom", Schlag den Bräutigam, war in blutroten Lettern darauf gedruckt. Wobei das englische Wort „Groom" auch für Stallknecht stehen konnte. Das war allerdings nicht damit gemeint. Außerdem stand auf der Rückseite des Flyers zumindest der Namen des Veranstalters: Jo Rod Narano oder auch kurz und bündig J.R. Narano, der nicht nur einer der reichsten Filipinos, sondern auch ein gefeierter Boxpromoter und Rodeo-Veranstalter war.

Als die Hochzeitsgäste jubelnd aufstanden, wollten Peters Freunde zur Bühne, aber es gab kein Durchkommen. Eine Kette von Sicherheitspersonal schirmte den Boxring gerade komplett ab. Gleichzeitig trieben mehrere Wachmänner den armen Peter, der trotz allem noch eine halbwegs gute

Figur in seiner schwarzen Boxerhose machte, über die Ringseile. Dort oben wurde er von seinem Schwiegervater, der weiße Shorts trug, schon sehnlichst erwartet. Der Filipino feuerte den jungen Mann lachend und herbeiwinkend an, während ihm irgendjemand ein Funkmikrofon überreichte. Auch Trainer und Ringärzte fanden sich mittlerweile am Rand der Bühne ein. Das Ganze war für Peters Freunde äußerst skurril, da sie mit solch einer Show definitiv nicht gerechnet hatten. Plötzlich ertönte die Stimme des Veranstalters: »Herzlich willkommen, liebe Gäste. Nun, da Peter zur Familie gehört, wollen wir alle natürlich sehen, wie er sich als Mann schlägt, denn schließlich gebe ich meine geliebte Tochter in seine Hände. Da ihr alle wisst, dass ich das Boxen liebe, habe ich den heutigen Schaukampf als kleine spielerische Prüfung organisiert. Ich dachte bevor wir irgendwelche Geschicklichkeitsspiele veranstalten, können wir auch etwas Besseres anbieten. Außerdem jährt sich der berühmteste Boxkampf überhaupt bereits zum fünfzigsten Mal, liebe Freunde. Der eine oder andere kann sich vielleicht noch an den „Rumble in the Jungle" erinnern. Viele von euch waren damals noch nicht auf dieser schönen Welt, aber der geradezu epische Kampf zwischen George Foreman und Muhammad Ali in Afrika, genauer gesagt in Kinshasa im Kongo der damaligen Republik Zaire, hat mich schon als kleines Kind begeistert und geprägt. Im Gedenken an dieses „Grollen im Dschungel" will ich heute zum Spaß gegen meinen Schwiegersohn antreten, der dafür die letzten Wochen schwer trainieren musste. Als alter Mann werde ich es ihm freilich so schwer wie möglich machen, gegen mich zu gewinnen. Ich halte es wie mein großes boxerisches Idol Ali, der vor dem Kampf gegen Foreman den ebenfalls weltberühmten Satz aussprach: „Schwebe wie ein Schmetterling, stich wie eine Biene!" Genauso mein lieber Peter, musst du gegen mich kämpfen. Tust du das nicht, versohle ich dir deinen kleinen, bleichen deutschen Hintern!«

Peter stand in seiner Ringhälfte und musste das alles über sich ergehen lassen. Er bekam von irgendjemanden die Boxhandschuhe übergestülpt, während er gequält lächelte. J.R. unterhielt sich noch kurz mit dem Ringarzt und dann konnte es auch schon losgehen. Eigentlich sollte Lailani die Schilder mit der Rundenzahl hochhalten, aber sie saß stumm und mit feuchten Augen fünf Meter außerhalb des Ringes und schaute zu Boden. Hätte sie sich doch jetzt nur ihren Ehemann schnappen können. Heute Morgen und auch gestern Abend hätte es mehrere Möglichkeiten gegeben, einfach zu verschwinden, aber aus Angst hatten sie diese Chancen nicht ergriffen. Jetzt war es zu spät und ihre schlimmsten Befürchtungen schienen sich hier und jetzt zu bewahrheiten. Ihr Vater machte sich einen Spaß daraus, ihren Peter vorzuführen. Er war von Anfang an gegen diese Verbindung gewesen und wenn er Lailani nicht davon abhalten konnte, dann würde er seinen Schwiegersohn so einschüchtern, dass er von ganz allein den Rückzug antrat. Die Glocke ertönte und das Erste, was Peter zu spüren bekam, war ein leichter Schwinger in seine Magengegend. Stöhnend krümmte er sich, blieb aber stehen. Hätte J.R. diesen Schlag etwas härter ausgeführt, wäre der Kampf sofort zu Ende gewesen, aber das wollte Peters Schwiegervater in keinem Fall. Er musste seinen Gästen schließlich eine gute Show bieten und ihnen trotzdem zeigen, dass er und nur er der alleinige Machthaber der Familie Narano war und dieser junge Deutsche ihm auch kräftemäßig nichts entgegenzusetzen hatte. Er war und blieb der Patriarch; daran würde sich definitiv nichts ändern. Da für die Hochzeitsfeierlichkeiten ganze drei Tage veranschlagt waren, hatte er noch so viele Möglichkeiten, seinen missliebigen Schwiegersohn zu demütigen. J. R. grinste, wenn er nur an das Rodeo-Reiten dachte, welches er für den nächsten Tag anberaumt hatte. Allerspätestens dann wäre Peter auch in Lailanis Augen ein absoluter Verlierer, womit ihr Vater letzten Endes doch sein Ziel erreicht hätte. Warum wohl sollte seine einzige Tochter einen bis dahin gebrochenen und jammernden Ehemann in Schutz nehmen wollen. Er selbst würde sich dann schon um die Annullierung dieser Verbindung kümmern. Diese intriganten Gedanken schossen dem Filipino durch den Kopf, kurz bevor er völlig unerwartet einen harten Schlag über dem linken Auge hinnehmen musste. J.R. wankte zurück, um beinahe seinen Mundschutz mitsamt seinem Gleichgewicht zu verlieren. Die Zuschauer grölten, als Peter nachsetzte, um J.R.s Hinterkopf mit einem Schwinger zu treffen. Der Schwiegervater schnaubte, bevor er in die Seile fiel. Peter sprang ihm nach, aber da ertönte der Gong. Die beiden Kämpfer mussten in ihrer zugewiesenen Ecke Platz nehmen und während Peter mit kaltem Wasser besprüht wurde, behandelte der Ringarzt den kleinen Cut über J.R.s linkem Auge. Nach wie vor feuerten die Hochzeitsgäste die beiden Boxer an. Es wurden mittlerweile sogar Wetten angenommen und Peter hätte die erste Runde klar nach Punkten gewonnen. Zumindest bei einem richtigen Kampf, denn einen Ringrichter suchte man vergebens. Peter hatte etwas Selbstbewusstsein aufgebaut, da er bislang nur einen Körpertreffer hinnehmen musste. Als der Gong zur zweiten Runde ertönte, tänzelte er geradezu mit erhobenen Fäusten aus seiner Ecke. Der Beifall nahm zu, als ein grimmig blickender Filipino auf ihn zustürmte. Peter überlegte eine Spur zu lange. Sicherlich hatte er die letzten Tage einiges in puncto Boxen gelernt, aber es konnte einfach noch nicht in Fleisch und Blut übergehen. So wollte er zu einem sogenannten Jab ansetzen. Diese abrupt geschlagene Gerade mit der Führhand war ja eigentlich auch keine schlechte Idee, um seinem Gegner gleich eins auf die Nase zu geben. Allerdings kippte er dabei nach vorne, verfehlte sein Ziel, ließ seine Deckung fallen und holte sich seinerseits eine blutige Nase. J.R. stand stabil, setzte mit ein paar Haken und Schwingern nach. Ziemlich verdattert legte Peter den Rückwärtsgang ein, um sich dem heftigen Nahkampf entziehen zu können. Blut tropfte auf den Ringboden und die Hochzeitsgäste pfiffen, lachten und feuerten ihren persönlichen Favoriten an. Peter fiel in die Seile und wurde wieder herausgeschleudert. J.R. rannte auf ihn zu. Eigentlich hätte er nur allzu gerne volle acht Runden auf seinen frischgebackenen Schwiegersohn eingedroschen, aber weil er aus dem linken Auge fast nichts mehr sah, mussten zwei Runden reichen. Noch ein paar Schläge und dann würde er den Kampf für sich entscheiden können. Doch Totgeglaubte leben bekanntlich länger. Peter war durch J.R.s geschwollenes Auge schon motiviert. Gerade jetzt, wo seine Nase schwer gelitten hatte. Sobald sein Schwiegervater in Reichweite seiner Fäuste kam, versuchte Peter alles umzusetzen, was er boxtechnisch gelernt hatte. Seitwärtshaken (Cross), Aufwärtshaken (Uppercut) und zu guter Letzt den Power Punch gegen den Kopf seines

Herausforderers. J.R. fiel um wie ein nasser Sack. Gleichzeitig riss Peter beide Arme hoch, glücklich und erleichtert. Er wusste, dass er diesen Kampf wider Erwarten gewonnen hatte. Das Publikum tobte. Viele hatten nicht damit gerechnet, dass J.R. bei diesem Fight durch K. O. zu Boden gehen würde. Manche lachten und zeigten sogar eine gewisse Schadenfreude gegenüber dem Gastgeber. Vielleicht hatten sie ja auch insgeheim und untereinander auf den blassen Deutschen gewettet. Diese öffentlichen Bekundungen wurden aber nicht lange gezeigt, da der Verlierer auch wieder auf den Beinen war und gezwungen lachend den Gewinner beglückwünschte. Innerlich kochte J.R. Narano. Am liebsten hätte er sich die Schrotflinte eines seiner Sicherheitsleute geborgt, um damit seinem Schwiegersohn an Ort und Stelle den Kopf wegzublasen. Warum war diesem Idioten auch so ein unglaublicher „Lucky Punch" gelungen, der ihn knallhart auf die Bretter schickte. Etwas Gutes hatte es aber auch. J.R.s Ehefrau und auch seine Tochter sprinteten geradewegs besorgt zum Kampfplatz, als er ohnmächtig zu Boden fiel. Wenn ihn nicht alles täuschte, schauten die beiden Frauen ihr neues Familienmitglied nun sogar vorwurfsvoll an. Insofern hatte er doch gesiegt. Der Spaltkeil war gesetzt und das war in seinen Augen das Wichtigste.

Kurz nachdem es sich die ganze Familie Narano wieder an ihrem Tisch bequem gemacht hatte, wurden die Musiker zur Bühne gerufen. Allein das hatte schon etwas Bizarres. Ein philippinischer Hochzeitsplaner, der dem Diener glich, der ihnen vor nicht allzu langer Zeit den Briefumschlag am Swimmingpool überreicht hatte, kam lächelnd auf sie zu. Nahezu staatsmännisch und mithilfe von Sicherheitspersonal geleitete er die Band zum soeben wieder umgebauten Podest. Das Schlagzeug und die Verstärkeranlage waren schnell an Ort und Stelle, nur die Ringseile blieben. Stefan Teiler und die anderen krabbelten unter diesen Abgrenzungen auf die Plattform. Marc hätte Andy darauf aufmerksam machen können, dass soeben etwas Rotes den Rückenbereich seines weißen Shirts verschmutzt hatte, aber er ließ es. Für ihn war es augenscheinlich das Blut eines der beiden Faust-kämpfer.

Ungefähr zehn Minuten später konnte es dann endlich losgehen. Stefan hatte die Gesangsanlage gecheckt. Frank verkabelte seine halbwegs gestimmte Akustikgitarre mit dem kompakten Amp. Marc hatte in etwa das Gleiche mit seinem E-Bass veranstaltet und Andy saß in freudiger Erwartung auf dem kleinen Drehhocker hinter dem überdimensional großen Schlagzeug. Die Akustik war in dieser Halle respektive Scheune nicht die allerbeste, aber die vier Musiker mussten halt irgendwie klarkommen. Als Stefan sein Mikrofon kontrolliert hatte, schweifte sein Blick automatisch hinunter zum Brauttisch. Peter saß stumm zwischen seinem Schwiegervater und seiner frisch Angetrauten, um ihn geradezu hilfesuchend anzusehen. Nicht nur Stefan fragte sich, warum die philippinische Familie ihren Freund so separierte. Weshalb hatten sie mit Peter bis dato noch kein einziges Wort wechseln können? Sicherlich konnte das doch keine landesübliche Hochzeitstradition sein. Nach dem Konzert oder während einer Pause würden sie ihren Freund doch zumindest einmal beglückwünschen dürfen. Als ersten Song spielten die Jungs eine bekannte Ballade, die aber nur bedingt ankam, danach spielten sie einen etwas fetzigeren Popsong. Als der zu Ende war, applaudierte schon der eine oder andere, aber das war auch kein Wunder, da die Leute gerade zu Abend aßen und die Band eher als Hintergrundgeplänkel wahrnahmen. Da es für Musiker schlicht unerträglich ist, wenn ihre Darbietungen auf völlige Ignoranz stoßen, legte sich die Band „Aero" noch mehr ins Zeug. Langsam wurde das Publikum wach und selbst J.R. klatschte dann und wann. Der Gastgeber hätte die Band natürlich nicht aus freien Stücken gebucht, aber das Peters deutsche Freunde hier waren, spielte ihm durchaus in die Karten. Schließlich konnte es nicht schaden, wenn diese jungen

Männer vor Ort waren. Das war J.R.s eigentlicher Plan. Er brauchte die Kerle aus Deutschland nur als Zeugen, denn letzten Endes würde Peter im Laufe der mondänen Hochzeitsfeier irgendwann tödlich verunfallen müssen. Spätestens morgen würde er sich beim Rodeo hoffentlich den Hals brechen, wenn nicht, gäbe es ja auch noch ein anderes Event, das seine geliebte Tochter in maximal drei Tagen von einer Braut zur Witwe machte. Bei dem Gedanken daran musste er laut lachen, worauf ihn sein Schwiegersohn nur eingeschüchtert ansah. »Na Peter, jetzt bist du unser zweiter Mann im Haus. Ich hoffe, dass du das alles zu schätzen weißt, denn leider hab ich nur die eine Tochter. Ha … Ha … Ha!« Auf diesen Spruch hin wollte der junge Mann aus Deutschland seine Frau demonstrativ umarmen, aber Lailani hatte immer noch die blutigen Prügelszenen im Kopf und wiegelte verschämt ab. In dieser Situation fragte sich Peter, in was er denn da eigentlich hineingeschlittert war. Hätte er nur geahnt, dass Lailani eher zu ihrem Vater als zu ihrem Ehemann halten würde, hätte er sie dann allen Ernstes geheiratet. War es wirklich Liebe, die sie für ihn empfand oder nur der verzweifelte Versuch, sich von ihrem überaus dominanten Vater abzunabeln, was sichtlich nicht funktionierte. Wären sie doch nur in Deutschland geblieben, aber genau das wollte seine philippinische Frau nicht. Peter hingegen hatte sich so verliebt, dass er mit ihr wahrscheinlich auch ans Ende der Welt gezogen wäre.

Oben auf der Bühne machte man sich darüber keine Gedanken. Die Band hatte gerade wieder einen bekannten Rocksong gespielt, der aber genauso wenig anzukommen schien wie die vorherigen Lieder. Der Sänger schaute unglücklich zum Gitarristen, der wiederum in die genervten Gesichter des Drummers und Bassisten sah. Es konnte doch nicht sein, dass es fast niemanden interessierte, was sie hier im Schweiße ihres Angesichts zum Besten gaben. Stefan legte das Mikrofon weg und zog einen zerknüllten Zettel aus der Hosentasche. Nachdem er sich mit seinen Mitmusikern kurz beratschlagt hatte, starteten sie einen neuen Versuch. Schon nach wenigen Takten merkten die Jungs von „Aero", dass das Publikum nun etwas mehr Aufmerksamkeit zeigte. Stefan sang aus vollem Hals und so schön er nur eben konnte:

„ Almost Heaven, West Virginia
Blue Ridge Mountains, Shenandoah River. Life is old there, older than the trees. Younger than the mountains, growin' like a breeze. Country roads, take me home to the place I belong
West Virginia, mountain mama
Take me home, country roads."

Zu Beginn der zweiten Strophe fiel plötzlich kurzfristig der Strom auf der Bühne aus. Außerdem war eine Stahlsaite von Franks Gitarre gerissen, insofern konnten sie den John-Denver-Song nicht beenden. Das Bizarre an der ganzen Sache war aber nicht der Stromausfall, sondern dass die vier Musiker einzelne Pfiffe oder laute Rufe schlichtweg fehlinterpretierten. Endlich zeigte das Publikum etwas Interesse an ihrer Performance. Nachdem Frank eine neue G-Saite auf seine Lieblingsgitarre gezogen hatte, konnte es gleich weitergehen. Die Jungs hatten sich zwischenzeitlich auf einen anderen Song geeinigt, welcher ebenfalls auf dem ausgebleichten Zettel stand. Die Hochzeitsgesellschaft verstummte, als Stefan das auf der ganzen Welt bekannte Liedchen anstimmte:

„And now, the end is near and so I face the final curtain
My friend, I'll say it clear
I'll state my case, of which I'm certain
I've lived a life that's full
I traveled each and every highway
And more, much more than this
I did it my way!"

Es dauerte nur eine einzige Strophe. Die Ruhe im Publikum war nichts anderes als die Ruhe vor dem Sturm. Nun blieb es nicht mehr bei vereinzelten Pfiffen oder Rufen. Die Menschen vor der Bühne

kreischten hysterisch, um kurz darauf völlig abzu-
drehen. Stühle und Tische wurden umgeworfen.
Gläser und Flaschen flogen und irgendjemand warf
sogar einen Feuerlöscher in Richtung Bühne.
Irgendwo begann es zu brennen. Stefan hatte den
Eindruck, dass er durch seine Gesangseinlage den
Zorn Gottes erweckt hatte. Nur zehn Meter von
ihm weg stach eine alte Frau gerade mit einem
Menümesser auf einen Sicherheitsbediensteten ein,
der sie nicht vorbeilassen wollte. Ein Filipino warf
einen massiven gläsernen Aschenbecher, traf aber
unglücklicherweise seinen vorherigen Tischnach-
barn, der ihm daraufhin ein zerbrochenes Glas in
den Hals rammte. Der Mann fiel zu Boden,
röchelte und starb kurze Zeit später an Blutverlust.
Die Band „Aero" hatte mittlerweile hinter dem
gigantischen Schlagzeug Schutz gesucht. Die Jungs
waren völlig geschockt und starrten zwischen
Trommeln und Becken hinunter auf die rasende
Menge, die sich allem Anschein nach zu durchgeknallten Raubtieren entwickelt hatte. Mittlerweile
waren überall in der riesigen Scheune Brände
ausgebrochen. Obwohl es genug Feuerlöscher gab,
wurden diese nicht zur Brandbekämpfung eingesetzt. Vielmehr wurden sie zweckentfremdet. Viele
flogen in Richtung Bühne, doch der eine oder
andere wurde wohl dazu genutzt, sich gegen
tobsüchtige Mitmenschen zu verteidigen. Es
herrschte die blanke Wut und das totale Chaos.
Das alles nur, weil die Musiker den Brief nicht vollständig gelesen hatten. Hätte ein Windstoß dieses

Blatt Papier nicht in den Swimmingpool befördert, so hätten die jungen Männer den Zusatz: „keinesfalls" entziffern können, aber dafür war es nun zu spät. Mit dem Song „My Way" hatte die Band „Aero" sprichwörtlich die Büchse der Pandora geöffnet. Es hatte schon seinen Grund, dass der Song mittlerweile auf den gesamten Philippinen verboten wurde. Die meisten Touristen wissen zwar, wo man am besten essen und trinken kann, informieren sich über Sehenswürdigkeiten, Land und Leute, über die Preise und den Umrechnungskurs des philippinischen Pesos, aber es gibt auch im Paradies Dinge, die man tunlichst unterlassen sollte. Hätten Willi Wellert und die Band „Aero" sich über diese kuriosen Eigenarten, die man auch im Internet finden konnte, im Vorfeld schlaugemacht, wäre zumindest der Oberstudienrat noch am Leben. Allerdings machten sich die vier jungen Männer aus Deutschland zurzeit keinerlei Gedanken um ihren ehemaligen Physiklehrer. Sie konnten ja auch nicht ahnen, dass W.W. aufgrund dieses Musikstücks in Manila totgeschlagen wurde. Ehrlich gesagt wussten sie noch nicht einmal, dass er auf dieses Familienfest eingeladen war.

Der eigentliche Gastgeber rappelte sich gerade einige Meter von der Bühne entfernt vom Scheunenboden auf. Das war nicht so einfach den, bevor er sicher auf beiden Beinen stand, rutschte er mehrmals aus. Der Boden war über und über mit roter

Grütze, Kuchenbelag und Glassplittern bedeckt. Alles war glitschig wie Schmierseife. Schwarzer Rauch brannte in seinen Augen und nahm ihm die Sicht. In seiner direkten Umgebung loderten Zierstoffe und Tischdeko. J.R. musste eine Zeit lang bewusstlos gewesen sein, sein Schädel pochte wie wild und Blut lief ihm von der Stirn. Wie durch einen Dunstschleier erblickte er plötzlich seine Ehefrau. Das war keine rote Grütze und erst recht keine Kuchencreme dort auf dem Hallenboden. Irgendetwas musste ihren vormals hübschen Kopf zertrümmert haben. J.R. war schwer geschockt und kurz davor, sich übergeben zu müssen. Dann schaute er sich nach allen Seiten um, konnte aber seine Tochter Lailani nirgends entdecken. Die Leute schrien, prügelten sich untereinander und kämpften mit der Security. Hoffentlich hatte sein Mädchen die Scheune unbeschadet verlassen können. Vielleicht sogar mit ihrem Ehemann Peter. Wenn er ihr hinausgeholfen hatte, wäre er ja nicht völlig nutzlos. Mit diesen Gedanken im malträtierten Schädel setzte sich J.R. in Bewegung, jedoch ohne seine tote Ehefrau noch einmal ansehen zu können.

Ein paar Höhenmeter über diesem Geschehen verschanzten sich Stefan, Frank, Marc und Andy hinter ein paar mannshohen Soundboxen, nachdem das zerstörte Schlagzeug keinen ordentlichen

Schutz mehr bot. Zumindest hielten diese Teile hochgeschleuderte Stühle, Flaschen und selbst fliegende Feuerlöscher einigermaßen ab. Nur fokussierte sich die unbändige Wut der Hochzeitsgesellschaft nicht mehr gänzlich auf die Musiker. Vielmehr hatte „My way" wie ein Katalysator gewirkt, der egal welches Gefühl in absolute Rage umgewandelt hatte. So war es zumindest für die Bandmitglieder von Vorteil, dass sich ihr Publikum nun gegenseitig umzubringen versuchte. Leider gab es auch Ausnahmen. Beispielsweise das Großmütterchen, das langsam, aber sicher die Bühne erklomm, nachdem sie mit dem Wachmann fertig war. Ihr blutiges Tafelmesser hatte sie sich wortwörtlich zwischen ihre dritten Zähne gesteckt, um sich an den Ringseilen emporzuwuchten. Stefan der gerade hinter einem umgefallenen Lautsprecherturm hervor schielte, machte sich vor Angst fast in die Hose, als er diese Gestalt sah. Mit dem Messer zwischen den Zähnen und völlig irrem Blick sah diese Omi schon zum Fürchten aus. Als wäre sie einem drittklassigen Horrorfilm entsprungen, dessen Vorlage sowohl „Friedhof der Kuscheltiere" als auch „Fluch der Karibik" zu sein schien. Die Zombie-Piratin hatte Stefan und seine Freunde beinahe erreicht, da fiel ein lauter Schuss. Das Messer rutschte der alten Frau aus dem geöffneten Mund, bevor sie ungläubig an sich heruntersah. Ihre hellblaue Bluse färbte sich beinahe lila. Die alte

Filipina versuchte noch irgendetwas zu sagen, sank dann aber mausetot nach vorne und dabei buchstäblich vor Stefans Füße. Der Sänger und seine Musiker waren geschockt, aber auch erleichtert, dass diese verrückt gewordene Oma sie nicht mehr attackieren konnte. Leider nur einen kurzen Moment lang, da erneut geschossen wurde. Von einer Schrotladung herausgerissene Holzsplitter bohrten sich in Franks linken Oberarm. Zuerst realisierte der Musiker gar nicht, was soeben passiert war. Ungläubig starrte er sein Lieblingsinstrument an, das nun vollkommen durchlöchert und auseinandergerissen vor ihm lag. Jetzt hatten sie auch noch seine „Blue" auf dem Gewissen. Frank schrie und tobte. Völlig paralysiert und mit Tränen in den Augen bot er weiterhin einen guten Kugelfang. Gott sei Dank wurde er von Andy wieder in die halbwegs sichere Deckung befördert. Lange würden sie hier aber nicht mehr ausharren können. Zu allem Überfluss begann es nun auch noch im Bühnenbereich zu brennen. Verschmorter Kunststoff sorgte für beißenden schwarzen Rauch, der zur Decke aufstieg. Alles hatte sich innerhalb nur weniger Minuten abgespielt und als Stefan erneut einen Blick riskierte, erkannte der Bandleader, dass seine Jungs und er schnellstens nach draußen müssten. Am einzigen Tor gab es kein Durchkommen mehr. Brennende Balken versperrten jeglichen Ausgang. Auch die Rückseite der riesigen Scheune stand bereits in Flammen und der Rauch verdichtete sich in Sekunden. In nur wenigen Minuten würden alle entweder lebendig verbrennen oder zuvor noch an einer Rauchvergiftung sterben. In dieser Feuerhölle dachte Andy kurioserweise an die Katze in der Kiste. Sie befanden sich zwar nicht in einer Box, sondern in einer riesigen Holzscheune, aber genauso wie die Katze würden auch sie hier nicht mehr lebend rauskommen. Wenn Schrödingers Katze nicht an dem Giftgas gestorben war, wäre sie wohl irgendwann verhungert. Das Resultat bliebe letztendlich das gleiche. Nur dass die Todesart eine andere wäre. Andy sah zu seinen Freunden, die immer noch hinter den umgeworfenen Lautsprechertürmen kauerten. Frank hielt sich seinen blutigen Arm, während Marc ihm so gut es ging, Erste Hilfe leistete. Dabei zog er mehrere Holzsplitter aus dem Muskelfleisch seines Bandkollegen. Es waren die Überreste des blau lackierten Zupfinstruments. Der Gitarrist schrie wiederum vor Schmerzen. Stefan hatte seine Deckung kurz verlassen, aber als von irgendwoher ein erneuter Gewehrschuss erschallte, sprang er noch einmal fluchend dorthin zurück. Der Qualm war noch dichter geworden und die Bandmitglieder husteten mittlerweile um die Wette. Innerlich hatten alle vier schon aufgegeben. Nur durch Zufall schaute Stefan an den hinteren Bühnenrand, der bündig mit der Scheunenwand abschloss. Um Platz zu sparen, war die Plattform genau an der Gebäudeaußenwand aufgebaut worden. Es sah so aus, als ob sich die massive Begrenzung in regelmäßigen Abständen bewegen würde. Dann sah er Späne fliegen und das obwohl, aus keiner Richtung irgendwelche Schrotkugeln geflogen kamen. Es dauerte ein wenig, aber dann realisierte Stefan, was da gerade vor sich ging. Rettung war unterwegs. Irgendjemand wollte sie befreien. Der Sänger sah zu seinen Freunden, die sich ihrem Schicksal schon ergeben hatten. Eigentlich lagen sie nur noch röchelnd auf dem Bühnenboden, als der Bandleader schreiend versuchte, sie auf diese ungeahnte Wendung hinzuweisen. Plötzlich wurden ihre Namen lautstark gerufen. »Stefan, … Andy, Frank, Marc, … wo seid ihr? Zuerst sah man nichts mehr, denn der Rauch bot maximal noch zwei bis drei Meter Sicht. Doch dann stand er unvermittelt hinter den jungen Männern. Er richtete die Schrotflinte als Erstes auf den Sänger, weil der in seinen Augen für dieses höllische Chaos verantwortlich war. Diabolisch grinsend sah J.R. Narano in diesem Moment seinem TV-Idol zumindest in puncto Mimik verdammt ähnlich. Aber nur für eine ganz kurze Zeitspanne. Dann verzog sich sein Gesicht zu einer Fratze, die so gar nichts Triumphales an sich hatte. J.R. röchelte, ließ seine Flinte fallen, fiel nach vorne und starb. Mit der Axt, die tief in seinem Rücken steckte, hatte Peter eben noch ein großes Loch in die Holzfassade geschlagen. »Los jetzt raus hier!«

Der Bräutigam griff sich den am Boden liegenden Marc, während sich der völlig überraschte Sänger den Schlagzeuger schnappte. Der Gitarrist torkelte hinterher. Ein paar Sekunden später waren alle draußen und einigermaßen sicher. Allerdings immer noch nicht außer Gefahr. Die Jungs mussten noch eine ganze Strecke laufen, um die unerträgliche Hitze hinter sich zu lassen. Obwohl einige Menschen mit Löscharbeiten zugange waren, war schon abzusehen, dass diese Rettungsversuche nicht das gewünschte Ergebnis erzielen konnten. Die lichterloh brennende Scheune fiel in sich zusammen. Durch das von Peter geschlagene Loch in der Außenwand, das durchaus als provisorischer Notausgang genutzt wurde, konnten noch vier bis fünf Menschen entfliehen, aber die Hochzeitsgäste, die sich noch immer in der Scheune befanden, hatten keine Chance mehr, dem Flammeninferno zu entkommen. Die jungen Deutschen saßen oder lagen abgekämpft auf einer Wiese und starrten zu den lodernden Flammen. Dabei waren das Prasseln, Knistern und Brutzeln so unglaublich laut, dass die Männer ihr eigenes Wort nicht verstanden. Vielleicht war der geräuschvolle Brand auch die pure Gnade, denn so waren die kreischenden Schmerzensschreie der Eingeschlossenen von außen nicht mehr wahrzunehmen. »Wir müssen hier weg, verdammt!« Peter, der frischgebackene Bräutigam und Schwiegervater-Killer, griff Stefan an der Schulter, um seinen Blick aufs Haupthaus zu lenken. Auch dort musste irgendjemand Feuer gelegt haben. Auf der Veranda hatten sich Leute versammelt, die scheinbar plündern wollten. Ein Mann ganz in Weiß gekleidet, rannte kichernd mit einem Flachbildfernseher in der Gegend herum, während ein anderer ihm seine Beute abspenstig machen wollte. Es kam zu einer wüsten Schlägerei, an der sich immer mehr Personen beteiligten. Die Bandmitglieder sahen dem Treiben aus einiger Entfernung zu. Mittlerweile kamen sich alle vor wie in einem Albtraum, der partout nicht enden wollte. »Lailani ist auf dem Weg zu uns. Sie muss gleich da sein, Männer. Sie holt nur noch den Schlüssel zum Pickup-Truck. Dann können wir hier verschwinden!« Kaum hatte Peter diese Sätze beendet, war aus einiger Entfernung auch schon ein heranrasender Wagen zu erkennen. Die Scheinwerferkegel des monströsen Dodge RAM flogen in ihre Richtung. Peter schwenkte beide Arme und ging dem Licht entgegen. Hoffnungsvoll schauten seine Freunde ihm dabei zu, doch der Wagen kam immer näher, um alles andere als langsamer zu werden. Die wenigen Sekunden vor dem Zusammenstoß waren für die Männer ein erneuter Schock. Vor allem für Peter, der von seiner gerade erst vermählten Frau überfahren wurde. Die massive Front des Pickups hatte den Bräutigam mit einer unglaublichen Wucht getroffen. Sowohl der stählerne Kuhfänger als auch der gigantische Kühlergrill verhinderten, dass Peter den Geländewagen beim Aufprall überfliegen konnte. Daher klebte sein Körper nahezu am Fahrzeug, um nicht lange danach von den gewaltigen Rädern zermalmt zu werden. Mit weit aufgerissenen Augen mussten sich Peters Freunde dieses Drama anschauen, ohne dass sie es verhindern konnten.

Dann hielt das Auto an, die dröhnende Maschine verstummte und eine wutschnaubende Braut stieg aus. Lailani hatte so gar nichts mehr Schönes an sich. Ihr ehemals schneeweißes Hochzeitskleid war überall eingerissen; mit Blut, Dreck und Ruß überzogen, um passend zur Trägerin alle Unschuld verloren zu haben. Die vollkommen zerfledderte Filipina ging ein paar Schritte auf die Deutschen zu, um sie dann hysterisch anzuschreien. »Ihr seid an allem schuld! Hätte Peter euch nur verbrennen lassen. Meinen Vater sollte er retten, stattdessen musste der sterben. Schande über euch! Aber auch ihr werdet „Southfolk" nicht mehr lebend verlassen, dafür werde ich sorgen!« Die vier Männer starrten Lailani nur apathisch an, keiner von ihnen entgegnete ihr irgendetwas. Stefan schaute nur zu seinem getöteten Freund, der vor kurzem von seiner eigenen Gattin überfahren wurde. Dessen Arme und Beine waren in alle Himmelsrichtungen verdreht und einen seiner Lackschuhe hielt Marc in den Händen. Der Bassist war auch der Einzige, der auf diese durchgeknallte Braut reagierte. Marc hatte in den letzten vierundzwanzig Stunden schließlich zwei Menschen sehen müssen, die beide überfahren wurden. »Verfluchte Schlampe«, schrie er nur, bevor er in ihre Richtung lief. Lailani sprang zurück, um bei den Menschen, die vor ihrem Wohnhaus standen, Schutz zu suchen. Doch Marc holte sie ein und trat ihr von hinten mit aller Wucht ins Gesäß. Lailani fiel hin, rappelte sich aber schnell wieder auf, um weiter in Richtung Haupthaus zu rennen. Marc blieb zurück. Doch er sah sehr wohl die Menschentraube, die sich um die frischgebackene Witwe sammelte. Nur die Hilfe, die sich Lailani von den Leuten erhoffte, blieb aus. Vielmehr fühlten sich einige Menschen während der Plünderungen von ihr ertappt und reagierten äußerst aggressiv auf ihre Bitten. So kam es, wie es kommen musste. Die Plünderer, die Lailani umzingelt hatten, konnten weiß Gott keine Zeugen ihrer Diebstähle gebrauchen. Als sich die Menschenansammlung wieder auflöste, blieb eine erschlagene Filipina zurück. Erschrocken und mit einem Gefühl, das fast schon mit Mitleid zu verwechseln war, hatte Marc diese Aktion beobachtet. Genau das blieb aber auch ein paar Plünderern nicht verborgen, die sich mit Latten oder Stöcken bewaffnet auf den Weg zu ihm machten. Marc blieb wie festgewurzelt stehen. Alles, was gestern und heute geschehen war, hatte seine mentale Leidensfähigkeit respektive Resilienz schon lange überschritten. Doch plötzlich riss ihn jemand am Handgelenk. In diesen Schrecksekunden hatte Marc gar nicht mitbekommen, dass der Dodge Pickup-Truck mit laufendem Motor neben ihm vorgefahren war. »Marc, komm schon! Steig endlich ein und dann nichts wie weg!« Frank bugsierte Marc gerade noch so in den Geländewagen, bevor ihn die heranlaufenden Filipinos erreichen konnten. Dann gab Stefan Vollgas. Erde und Grund wurden per Allradantrieb aufgewirbelt und Andy, der auf der Ladefläche kauerte, triumphierte, als ihre Verfolger diesen Dreck sprichwörtlich schlucken mussten. Doch die vier Jungs waren noch nicht in Sicherheit. »Verdammter Mist«, fluchte Stefan, als sie das monumentale Tor in Sichtweite hatten. Das Gitter war geschlossen und die massiven eisernen Stäbe nicht so leicht zu überwinden. „SF-Southfolk Ranch" strahlte ihnen entgegen. Jetzt standen sie vor diesem Hindernis und kamen nicht weiter. Stefan sah ängstlich in den Rückspiegel. Lange würde es nicht mehr dauern. Könnten die vier Musiker nicht schnellstens einen Weg nach draußen finden, wären sie diesen philippinischen Psychopaten auf Gedeih und

Verderb ausgesetzt. Nach all dem Mord und Totschlag auf dieser Ranch wäre es nur allzu optimistisch, auf Gnade zu hoffen. Stefan begann zu zittern. Er malte sich in seiner Fantasie bereits das Schlimmste aus. Es wäre sehr wahrscheinlich, dass sie an Ort und Stelle von ihren Verfolgern gelyncht würden. Während Stefan, Marc und Frank mehr oder minder lethargisch im Führerhaus des Dodge verharrten, reagierte Andy ganz anders. Er sprang von der Ladefläche und rannte auf einen abgesperrten Kasten zu, der sich gleich neben dem Eisentor befand. Seine Freunde staunten nicht schlecht, als er mit einem größeren Stein das Schloss knackte, um den Stromkasten gleich danach öffnen zu können. Stefan versuchte ihm dabei zu helfen. Er rangierte den Geländewagen zwischenzeitlich, sodass Marc durch das Scheinwerferlicht auch arbeiten konnte. Fasziniert und voller Hoffnung schauten die Musiker ihrem Bassisten bei seinen Anstrengungen zu. Die jungen Deutschen fassten Mut, allerdings nur kurz. Denn plötzlich knallte es fürchterlich. Eine Schrotgarbe zerstörte das linke Rücklicht des Geländewagens. Kurz danach rissen weitere Kugeln den linken Außenspiegel des Autos ab. Beim dritten Schuss zerbrach die Seitenscheibe und das umherfliegende Sicherheitsglas erwischte die drei Insassen hart. Gerade Frank, den die gläsernen Bruchstücke teilweise im Gesicht getroffen hatten, brüllte vor

Schmerzen. Zu einer vierten Schussabgabe kam es hingegen nicht mehr. Stattdessen hörten drei Männer die Stimme ihres Freundes Andy. »Hey, du Arschloch, nimm das!« Der Schlagzeuger hatte sich unbemerkt an den Schützen heranschleichen können. Noch bevor der Sicherheitsbedienstete erneut schießen konnte, wurde er von Andy mit einem Stein niedergeschlagen und entwaffnet. Kurze Zeit später bewegte sich auch das Eisentor. Langsam, aber stetig gaben die Metallstäbe eine immer größer werdende Öffnung frei, die für die jungen Männer definitiv überlebenswichtig war. Noch war der Zwischenraum nicht groß genug. Dann stoppte es abrupt. Irgendetwas musste das Schiebetor in seiner Bewegung blockiert haben. »Verdammt«, schrie Andy, der wieder auf der Ladefläche des Pickup-Trucks Platz genommen hatte. Dieses Mal ergriff Marc die Initiative. Er sprang aus dem Wagen, rannte auf das festgefahrene Gitter zu und begann an den Eisenstäben zu drücken und zu zerren. Kurz darauf erkannte er, dass sich ein einzelner Stein zwischen die Führungsschiene und das Schiebegitter geschoben hatte. Wie von Sinnen trat der mit seinem Fuß dagegen in der Hoffnung, diese Blockade so lösen zu können. Dann ertönte ein lauter Signalton, den Marc erst nicht zuordnen konnte. Stefan schlug mit beiden Händen auf das Lenkrad des Dodge. Er hupte und das aus gutem Grund. Sie warteten noch immer vor dem halb geschlossenen Tor, während sich von hinten eine ganze Horde Filipinos nährte. Kreischend lief dieser Mob genau in ihre Richtung. Stefan schätzte, dass es mindestens dreißig Leute waren, die mit brennenden Fackeln, Stöcken, Latten und irgendwelchen anderen Hieb- oder Stichwaffen unaufhaltsam auf sie zu liefen. Plötzlich explodierte etwas unmittelbar hinter dem Geländewagen. Gott sei Dank saß Andy nicht mehr auf der offenen Ladefläche, sondern half Marc dabei, das klemmende Tor endlich weiter öffnen zu können. Irgendjemand musste einen selbst gebastelten Molotowcocktail in ihre Richtung geworfen haben. Flammen schlugen meterhoch, als Andy neben dem Dodge Schutz suchte, um mit der Schrotflinte des besinnungslosen Wachmannes zwei Schüsse abzugeben. Durch Zufall musste er jemanden erwischt haben, denn kurz darauf war lautes Jammern zu hören. Gerade wollte er erneut in Richtung der wütenden Angreifer zielen, da packte ihn Marc am Arm. Die Blockade war gelöst und das Tor nun fast offen. Andy und Marc sprangen auf die Ladefläche und Stefan gab Vollgas. Hinter ihnen brannte und loderte es weiter. Die „Southfolk Ranch" von Cebu war eindeutig Geschichte. Andy zielte noch eine Zeit lang auf eventuelle Verfolger, aber als sie ein paar Kilometer weiter an einem Reisfeld entlang fuhren, warf er die Flinte in hohem Bogen dort hinein. Jetzt waren sie sicher, davon konnten sie zumindest ausgehen. Marc und Andy umarmten sich erleichtert. Im Fahrerhaus machten sich Stefan und Frank einige Gedanken darüber, was denn nun bloß zu tun wäre. Ihre Reisepässe, Flugtickets und alles, was wichtig war, war wohl mittlerweile dem Brand zum Opfer gefallen. Sie müssten auf schnellstem Weg nach Cebu-City. In der Hoffnung, im dortigen Honorarkonsulat Hilfe zu bekommen. Denn schließlich hatten sie nur noch das, was sie am Leib trugen. Aber das Wichtigste war doch, dass sie ihr Leben noch hatten.

Ein paar Tage später saßen vier junge Musiker um einen Tisch herum, während sie aufs Boarding warteten. Der Airport von Manila war bestens klimatisiert und Stefan hatte seinen Kumpels soeben noch ein paar Flaschen „Red Horse" besorgt. »Mit einem weinenden und einem lachenden Auge gehts endlich wieder zurück in die Heimat, Männer! Gedenken wir all denen, die nicht mehr da sind, Cheers!« Bedeutungsvoll prosteten die vier Musiker sich danach zu.

Jeder schwieg außer Andy, dem ein Gedanke nicht mehr aus dem Kopf ging. »Schlimm, dass wir Peter nicht retten konnten. Schlimm für alle, die sterben mussten, aber wir vier haben zumindest überlebt und sind frei. Ganz im Gegensatz zu dieser Katze in der Kiste, oder?« »Genau mein Freund«, entgegnete Marc lächelnd. »Schrödingers Katze ist ganz sicher tot, aber wir leben noch! Lasst uns das feiern!«

Kapitel 3

Die dubiose Schokolade

Mittlerweile hatte sich der Frühnebel verzogen. Die Sonne ging schon auf, aber die Schlange bewegte sich nur langsam. Damit war nicht etwa ein schlängelndes Reptil gemeint, das in den kühlen Morgenstunden noch steif und weitestgehend lethargisch auf die Wärme der ersten Sonnenstrahlen wartete. Die „Schlange" bestand aus hintereinanderstehenden Menschen, die alle ein gemeinsames Ziel hatten und darauf mehr oder minder geduldig warten mussten. Marc Paulson gähnte. Dabei hielt er sich höflicherweise die Hand vor den Mund. Nicht dass das irgendjemand interessiert hätte, aber diese Geste war für ihn wohl ein reiner Automatismus. Höchstwahrscheinlich hatte das aber eher mit der Erziehung zu tun und war nichts, was man einfach so mit der Muttermilch aufsaugen konnte. Höflichkeit war vielleicht sogar die falsche Beschreibung dafür. Respekt beziehungsweise ein respektvoller Umgang mit anderen Menschen würde es wohl besser treffen. Leider dachten nicht alle so. Ein junges Mädchen, das direkt hinter Marc in der Schlange wartete, musste unerwartet niesen. An sich ja auch absolut menschlich und kein Problem, wenn Marcs Nacken diese Salve nicht unmittelbar abbekommen hätte. Der Achtundzwanzigjährige verzog angewidert das Gesicht, ohne sich allerdings zu der Verursacherin umzusehen. Marc hatte einmal gelesen, dass es sich beim Niesen um eine unwillkürlich ausgelöste Reflexhandlung handelt, bei der mit annähernd 180 km/h Fremdkörper, Staub und Sekret aus der Nasenhöhle herausgeschleudert werden. Im gleichen Zeitungsartikel stand auch, dass das Unterdrücken des Niesreizes ernsthafte gesundheitliche Schädigungen hervorrufen könnte. Aber das machte die Sache für Marc Paulson auch nicht besser. »Wenn die dumme Gans wenigstens in ihre Armbeuge geniest hätte«, dachte der Mann, während er sich dann doch umsah. Das Mädchen tippte irgendetwas auf ihrem Smartphone und hatte zudem noch Kopfhörer auf. So bekam sie gar nicht mit, wie Paulson sie vorwurfsvoll anstarrte. Allein der Gedanke, dass die Rotze einer fremden Person an seinem Nacken vor sich hin trocknete, bereitete ihm leichten Brechreiz. Ein klares Warnsignal seines Körpers. Aktiviert wurde dieser Sinn durch das Brechzentrum im Gehirn, genauer gesagt in der Medulla oblongata. Nur am Rande sei erwähnt, dass die Medulla oblongata eine wichtige Steuerzentrale vieler Vitalfunktionen und Reflexe darstellt. Ohne weiter auf Neurowissenschaften oder Ähnliches eingehen zu müssen, roch es ein paar Minuten später auch noch mehr als übel. Irgendjemand vor ihm war wohl nicht mehr in der Lage, seinen Schließmuskel im Zaum zu halten, gewissermaßen um seiner Flatulenz freien Raum zu geben. Marc Paulson verlor langsam, aber sicher die Nerven und wünschte sich in dieser Situation nichts mehr als einen Neoprenanzug und eine Gasmaske. Kein Wunder, dass er Menschen grundsätzlich nicht mochte. Es wurde immer schlimmer und wenn Paulson gefragt worden wäre, hätte er sich wohl gerade selbst nicht unbedingt als Humanist und Menschenfreund bezeichnet. Eher als Misanthrop, also als jemand, der seine Mitmenschen nicht unbedingt mochte. Wenn er ehrlich war, hielt er die Mehrzahl seiner Zeitgenossen für respektlose Arschlöcher und Narzissten. Vor ein paar Jahren war das noch anders, aber seit der großen Grippe hatte sich so einiges im Land geändert und das nicht unbedingt zum Besseren. Alle forderten alles Mögliche, aber keiner war bereit, sich auch nur einen Millimeter auf den anderen zuzubewegen. Ganz im Gegenteil; Egoismus, Starrköpfigkeit und Konsumsucht hatten Hochkonjunktur. Jeder war sich nur noch selbst der Nächste und hegte Neid oder zumindest Misstrauen gegen seine Zeitgenossen. Als ob das nicht genug wäre, erhöhte sich dieser Tage sprunghaft die Zahl von Meldestellen, die dem Denunziantentum Tür und Tor öffneten. Alles in allem eine Gemengelage, die keine allzu glückliche Zukunft prognostizierte. Vielleicht eher eine fabelhafte Gegenwart, aber nur wenn man bedachte, dass es durchaus auch böse Fabeln gab. Sei´s drum. Jedenfalls stand Marc Paulson seit drei geschlagenen Stunden in der Warteschlange und würde, wie es aussah, auch noch eine weitere in ihr verbringen. »Wie gut, dass es wenigstens nicht regnet«, dachte der Achtundzwanzigjährige. Aber auch dann wäre der Ansturm definitiv nicht geringer gewesen. Die wartenden Menschen wollten etwas Exklusives ergattern und hätten sich aller Wahrscheinlichkeit nach auch von einem Erdbeben nicht davon abhalten lassen. Plötzlich quietschten Reifen und ein Motor heulte auf. Einen Moment lang schaute Marc nach hinten. Während er in missmutige Gesichter sah, raste irgendjemand mit einem Sportwagen auf der nahen Hauptstraße. Nur wenige schauten leicht irritiert dem Auto nach, die meisten der wartenden Personen waren viel zu fokussiert auf ihr Smartphone oder hatten Angst, ihren Anschluss in der Schlange zu verlieren. Alle paar Minuten ging es im Gänsemarsch schließlich einige wenige Schritte vorwärts. Marc Paulson dachte an das Auto, als er wieder mal einen halben Meter vorankam. Was wäre wohl, wenn ein psychopathischer Amokfahrer genau hier und heute seine

Chance sähe? Eine aneinandergereihte Kette von Menschen, die auf dem Gehweg vor dem Süßwarengeschäft warteten oder sich nur langsam fortbewegten. Marc bekam allein von diesem Gedanken ein mieses Gefühl. Unwillkürlich musste er an Ereignisse denken, die jetzt schon fast zwei Jahre zurücklagen. Beide Male passierte es direkt vor seinen Augen. Kein Tag verging, an dem er nicht an dieses philippinische Desaster dachte. Seine Mitmusiker und er hatten das Chaos auf der Insel Cebu zwar überlebt, aber diese Hochzeit hatte sich zu einem Blutbad entwickelt, das sich tief in seine Psyche eingebrannt hatte. Marc bekam unwillkürlich eine Gänsehaut und vergaß doch glatt einen Schritt vorzugehen, was einem Hintermann gar nicht passte. »Aufschließen, geh gefälligst weiter!«, raunte es gereizt von hinten.

Dann, ungefähr fünfzig Minuten später, war es endlich so weit. Nur eine ältere Frau stand jetzt noch vor ihm. Bedächtig nahm die Dame ihre Geldbörse heraus und begann den Mann hinter dem Verkaufstresen für die Ware zu bezahlen. Dabei hielt sie Scheine und Münzen in der Hand, die sie dem Angestellten geradezu theatralisch überreichte. Der ganze Vorgang dauerte, da das Großmütterchen zuerst jede einzelne Münze genauestens inspizierte, um sie dann beinahe feierlich herauszugeben. Es wirkte fast so, als ob sie sich das Geld sprichwörtlich vom Munde abgespart hätte. Nun aber passierte das, womit Paulson irgendwie gerechnet hatte. Der Seniorin fehlten genau hundertachtundneunzig Cent. Sie wühlte und kramte hektisch in ihrer Tasche, aber es fand sich nichts. Der Verkäufer zog genervt die rechte Augenbraue hoch, während er die begehrte Ware mit Argusaugen beschützte. Keinesfalls würde die Frau die Tafel unter Preis bekommen, da konnte sie noch so laut betteln oder jammern. Schließlich gab es Prinzipien. Ein paar Leute schimpften und einige kicherten sogar voller Schadenfreude. Marc spürte diese unmenschliche Boshaftigkeit in seinem Rücken. Ihm tat die Dame leid und ohne lange zu überlegen, nahm er ein Zweieurostück aus seinem Portemonnaie und drückte es der Frau in die Hand. Dankend, aber auch ein bisschen beschämt nahm sie das Geldstück an, um es anschließend dem Verkäufer zu überreichen. »Tausend Dank junger Mann. Gott segne Sie!« Die Dame lächelte Marc an, wobei ihre Augen leicht zu tränen begannen. »Geschenkt, keine Ursache«, entgegnete Paulson und dachte an den alten Pfadfinderspruch: „Jeden Tag eine gute Tat". Als die Dame dann überglücklich mit ihrer Ware den Ausgang der Chocolaterie ansteuerte, war Marc an der Reihe. Schnell zahlte er und überholte die Frau noch an der Tür des Geschäfts. Unter normalen Umständen hätten die beiden vielleicht noch ein paar freundliche Worte gewechselt, aber der junge Mann hatte es eilig und das Großmütterchen hatte nur noch Augen für das soeben erworbene Produkt, das zurzeit mehr als nur begehrt war.

Marc Paulson steckte sich die Tafel äußerst vorsichtig in die Jackentasche und schaute sich noch einmal um. Dabei wusste er nicht, ob er lachen oder weinen sollte. Die Schlange vor dem Laden war sicherlich doppelt so lang als noch vor vier Stunden. Wie irre musste man eigentlich sein, um für eine Tafel Schokolade so lange anzustehen und dazu noch so viel Geld auszugeben. Allerdings hatte er genau das getan. Wenn auch nur deshalb, weil ihn seine Freundin dazu gebracht hatte. Na ja, ehrlich gesagt hatte seine Liebste ihn keinesfalls dazu genötigt. Mehr oder minder beiläufig hatte sie ihm vor kurzem erzählt, diese neuartige Schokolade schon gerne einmal probieren zu wollen. Wenn er sie heute Abend damit überraschen würde, wäre das Wochenende sicherlich gerettet. Der Gedanke daran hellte seine getrübte Stimmung schnell wieder auf. »Happy wife, happy life!«, dachte Paulson schmunzelnd, während er auf direktem Weg zum Blumenladen schlenderte. Als der junge Mann dort ankam, stand er vor verschlossenen Türen. Heute schien irgendwie der Wurm drin zu sein. Nichts lief so, wie er es sich vorgestellt hatte. Etwas verärgert las Paulson ein aufgehängtes Schild im Schaufenster. „Wegen Trauerfall vorübergehend geschlossen", stand in etwas krakeliger Schrift darauf. Marcs Verärgerung verwandelte sich in echtes Mitleid. Er kannte den Inhaber einigermaßen und mochte den sympathischen Mann wirklich gerne. Hier hatte er schon des Öfteren Blumen gekauft, sowohl für seine Mutter, seine Schwester als auch für die eine oder andere Freundin oder Lebensabschnittsgefährtin. Vor circa einem Jahr hatte ihm der Sohn des Ladenbesitzers das Grünzeug sogar nach Hause geliefert, ohne auch nur einen Euro Trinkgeld dafür nehmen zu wollen. So einen Service ließen sich andere Geschäfte mehr als teuer bezahlen. Marc Paulson blieb noch eine Weile vor dem Laden stehen und überlegte, wo er den Strauß roter Rosen denn stattdessen kaufen könnte. Immer wieder fiel sein Blick auf diese krakelige Schrift. Irgendetwas Schlimmes musste geschehen sein, denn Raphael Friedman war zu perfektionistisch für diese Kritzelei. So viel Paulson wusste, lebte der Geschäftsinhaber allein mit seinem kleinen Sohn Samuel. Dessen Mutter war wohl schon vor einiger Zeit verstorben. »Hoffentlich ist Sammy nichts passiert«, dachte Paulson. Gleichzeitig lief es ihm eiskalt den Rücken herunter. Gestern Abend während der Bandprobe hatte doch Stefan oder war es Andy irgendetwas über einen schweren Verkehrsunfall erzählt. Dabei soll ein kleiner Junge von einem Raser totgefahren worden sein. Marc hatte einen Basslauf geübt, sich darauf konzentriert und deshalb nur die Hälfte von dem Gespräch mitbekommen, aber was er dennoch herausgehört hatte, waren drei simple Worte, die ihm jetzt wieder schlagartig in den Kopf schossen: „Vor einem Blumenladen". Paulson starrte erneut auf das Schild im Schaufenster, während sich eine blonde Frau zu ihm gesellte. Die Dame riss zuerst fast die Türklinke ab, bevor auch ihr Blick auf die Infotafel fiel. »Geschlossen, wahrscheinlich wegen Reichtum«, raunte sie abfällig in Marcs Richtung. Der Achtundzwanzigjährige antwortete nicht. Er fand ehrlicherweise auch keine Worte. Stattdessen verließ er schnell die Örtlichkeit, um sich ein paar hundert Meter weiter über sich selbst zu ärgern. Dieser aufgetakelten Schnepfe hätte er nur allzu gerne in ihren knochigen Hintern getreten, wenn nicht physisch, dann zumindest verbal. Nun machte Paulson sich insgeheim Vorwürfe, auf diesen saublöden Spruch in keinster Weise reagiert zu haben. Aufgewühlt marschierte er wieder zum Blumenladen, um die Frau zur Rede zu stellen, aber sie war bereits verschwunden. Marc Paulson schaute sich in alle Richtungen um, aber das bösartige Weib stand weder an der nahen Bushalte-stelle noch sonst wo. Immer noch angewidert machte er sich auf den Weg zum nächsten Blumen-laden. Zehn Minuten später kam er dort auch an. Als Paulson das Geschäft betrat, stieg sein Puls beinahe sprunghaft. Einen Moment lang dachte er, die impertinente Dame von vorhin dort zu entdecken, aber es war wohl nur ein Versehen. Die Verkäuferin war ausgesprochen nett. Sorgfältig band sie den von ihm gewünschten Blumenstrauß zusammen. Dabei lächelte sie und summte irgendeine Melodie, die der Mann aber nicht einordnen konnte. Das Lächeln nahm aber abrupt ab, als es an die Bezahlung ging. Marc kramte im Portemonnaie und seinen Hosentaschen, aber nun reichte das herausgefischte Geld nicht. Ihm fehlten definitiv zwei Euro. Genau die Münze, die er vor kurzem noch jemandem geschenkt hatte. Nun aber stand kein Mensch hinter ihm, der großzügig half. Marc Paulson zog eine EC-Karte aus seiner Geldbörse und hielt die der ungeduldigen Floristin vor die Nase. »Geht hier nicht. Wir akzeptieren nur Barzahlung! Wenn Sie wollen, können sie ja um die Ecke zur Sparkasse laufen, um dort mit ihrer Karte Geld abzuheben. Das müsste gehen, allerdings müssen Sie sich beeilen. Bald ist Mittagspause!« Paulson wirkte etwas irritiert. »Hören Sie gute Frau. Nehmen Sie doch etwas Grünzeug oder eine einzelne Rose zurück, dann müsste das Geld doch reichen?« Paulson hatte den Satz noch nicht beendet, da plärrte die Verkäuferin schon los. »Nö, … so gehts ja nicht. Jeder einzelne Strauß ist schließlich ein pflanzliches Kunstwerk. Da kann man nicht irgendwas wieder herausnehmen. Ich bitte Sie ... und Grünzeug ist es schon mal gar nicht! So etwas Abwertendes habe ich ja noch nie gehört!« Das Gesicht der Floristin war feuerrot, als sie Paulson sprichwörtlich Feuer gab. »Entschuldigung für den Ausdruck, für die Kränkung oder für was auch immer. Okay ... Okay; stellen Sie die Rosen auf die Seite. Ich gehe zur Bank und verspreche, schnell wieder da zu sein!« Einen Augenblick lang zögerte die Verkäuferin, bevor sich ihre Mundwinkel wieder leicht entspannten. »Es gäbe vielleicht auch noch eine andere Möglichkeit«, flüsterte die Frau nun. Dabei schaute sie mit fast träumerischem Blick an Paulson herunter. »Ach du Schande«, dachte der nur, während ihm sämtliche Schandtaten einfielen. Das konnte ja wohl nicht ihr Ernst sein! Sollte er sich wirklich für einen Rosenstrauß prostituieren? Schließlich liebte er seine Freundin Gabrielle und würde keinesfalls mit dieser Unbekannten in die sprichwörtliche Kiste springen. So viele Rosen könnte die Dame ihm gar nicht spendieren. »Nein, nein. Danke fürs Angebot, aber ich bin vergeben!« Mittlerweile hatten sich ihre erröteten Gesichter farblich weitestgehend angeglichen. Eine ewiglange Sekunde verstrich. Dann plötzlich lachte die Frau aus vollem Halse. So laut und schallend, dass der ganze Laden zu beben schien. »Sie sind mir ja ein Komiker. Da haben Sie mich aber grundlegend missverstanden, junger Mann!« Paulson schaute etwas verschämt, als die

Frau demonstrativ auf seine Jackentasche zeigte. »Ist sie das?«, fragte die Verkäuferin leise. Obwohl das wohl eher eine rhetorische Frage war. Sie wusste genau, was er da hatte. Dabei fiel Marc auf, dass die Frau nun einen beinahe flehenden Eindruck machte. Die Augen fielen ihr dabei fast aus dem Kopf und ihr Schlafzimmerblick galt selbstredend nicht ihm, sondern dem Objekt ihrer Begierde. »Lassen Sie uns einfach tauschen. Sie geben mir die Schokolade und bekommen dafür ihren Rosenstrauß.« Nachdem sie das beinahe sinnlich dahinhauchte, begann Paulson zu lachen. »No way … Nie im Leben, gute Frau. Das wäre ein ausgesprochen schlechter Deal. Schließlich hat mich diese Tafel Schokolade, jede Menge Zeit, Geld und Nerven gekostet. Keine Frage, ein cleverer Versuch ihrerseits, aber ich wäre bescheuert, wenn ich auf den Handel eingehen würde. Wir machen es wie besprochen. Ich bringe Ihnen gleich das Geld und dann geben Sie mir die Rosen«. Marc lächelte beim Verlassen des Ladenlokals. Als sich die Glastür hinter ihm schloss und die kleine Glocke ein helles, klirrendes Bimmeln ertönen ließ, schaute ihm eine aufgewühlte Floristin noch lange nach. Dabei kam sie auf Gedanken, die als nicht so ganz blütenrein bezeichnet werden könnten. »Mein Fehler, vielleicht hätte ich mich für diese Köstlichkeit doch selbst zum Tausch anbieten sollen. Wenn der Kerl in ein paar Minuten zurückkommt, werde ich ihm einen Deal vorschlagen, den er wohl kaum ablehnen dürfte«, dachte sie und schaute zur Deckenvertäfelung hinauf. Dabei verschränkte sie ihre Finger. Es sah beinahe aus, als ob sie inständig beten würde.

Marc Paulson steigerte sein Schritttempo. Der kürzeste Weg zur Sparkasse führte vom Blumenladen über den Marktplatz. Der Achtundzwanzigjährige war gerade dabei, darauf zuzugehen, da fielen ihm die großen blauen Blechschilder ins Auge, die scheinbar erst vor kurzem aufgestellt worden waren. Außerdem bemerkte er eine Polizeistreife, die momentan ein Ehepaar kontrollierte. Hektisch leerte eine ältere Frau ihre Handtasche, während ein in etwa gleichaltriger Mann einem Polizisten seinen Personalausweis vorzeigte. Der Ordnungshüter begann sich das Dokument eingehend und augenscheinlich konzentriert zu betrachten, als seine junge Kollegin, die sich derweil Gummihandschuhe übergezogen hatte, plötzlich lauter wurde. Neben einer Haarbürste, Papiertaschentüchern, einem Lippenstift und abgelaufenen Parkscheinen fingerte die junge Polizistin doch tatsächlich einen Gegenstand aus der Frauenhandtasche, der den Blutdruck der Beamtin in Millisekunden nach oben trieb. Geradezu übervorsichtig, als würde sie in diesem Moment einen Sprengsatz entschärfen, hob die junge Frau das sogenannte Corpus Delicti in die Höhe und begann die Besitzerin über diesen Rechtsbruch aufzuklären. Die Rentner reagierten fast schon entsetzt über die zu erwartenden Folgen. Die beschuldigte Dame hatte doch tatsächlich ein kleines Schweizer Taschenmesser in ihrem Besitz, das neben Nagelfeile, Korkenzieher und Schere auch noch eine Messerklinge aufwies. Das Teil ruhte normalerweise tief in ihrer Handtasche und wurde das letzte Mal vor ungefähr zwei Jahren zum Schälen eines Apfels eingesetzt. Aber all das spielte im Hier und Jetzt zumindest für die Ordnungsmacht keinerlei Rolle. Schließlich war dieser Marktplatz seit genau achtundvierzig Stunden als ganztägige Waffenverbotszone ausgewiesen; dementsprechend rigoros wurde nun auch kontrolliert. Marc Paulson und mehrere Passanten betrachteten interessiert das Geschehen, worauf der eine oder andere einen unfeinen Kommentar abgab. Zwischenzeitlich fiel Paulson ein, dass er selbst ein sogenanntes Multitool dabeihatte. Gestern Abend vor der Bandprobe hatte er das Werkzeug zum Wechseln seiner Basssaiten gebraucht. Auch dieses Teil hatte eine Klinge und könnte zumindest nach den kürzlich aufgestellten Regeln als Stichwaffe gelten. »Puh, ... mal wieder Glück gehabt«, dachte er erleichtert. Während der Freizeitmusiker den besagten Platz also nicht überquerte, sondern um ihn herumlief, hörte er die ertappte Dame weinerlich flehen. Aus sicherer

Entfernung drehte sich Paulson noch einmal zu dem Rentnerpaar und den beiden Uniformierten um. Die alten Leutchen taten ihm sichtlich leid. Hundertprozentig hätte die Dame diese „Waffe" nie und nimmer dafür eingesetzt, irgendjemanden auch nur ansatzweise zu verletzen. Trotzdem schrieben die jungen Kommissare ihre Anzeige, während sich das völlig verunsicherte Paar an den Händen hielt. Marcs Mitleid veränderte sich. Das Gefühl wurde von einem weitaus stärkeren überlagert. Eine anschwellende Wut gegenüber den beiden Polizisten, die sich soeben entfernten, ließ seinen Puls steigen. Eigentlich hatte der gelernte Werkzeugmacher und Freizeitmusiker kein Problem mit der Polizei. Ganz im Gegenteil. Marc Paulsons ältere Schwester Carin war schließlich auch bei der Truppe. Zudem gab es in seinem Bekanntenkreis einige Polizistinnen und Polizisten, die er als vernünftige und liebenswerte Menschen empfand, aber diese Aktion regte ihn sichtlich auf und ließ ihn zudem nicht mehr los. Hätte in so einem Fall eine mündliche Verwarnung nicht ausgereicht? Mussten die Gesetzeshüter so ein sprichwörtliches Fass aufmachen? Hätten sie auch Leute überprüft, die auf Krawall gebürstet waren? Vielleicht wäre bei einer sichtlich wehrhafteren Person das SEK oder zumindest Verstärkung angefordert worden? War das ein Beispiel für Gratismut? Der Achtundzwanzigjährige überlegte nach diesem Vorfall seine Schwester anzurufen. Carin war schon lange erfolgreich im höheren Polizeidienst und hätte auf sämtliche seiner Fragen sicherlich eine passende Antwort. All diese Gedanken tummelten sich in Marcs Kopf, als er die Sparkasse betrat.

Drinnen war kurz vor Mittag recht wenig Betrieb. Der grauhaarige Filialleiter unterhielt sich rege mit einem Mann mittleren Alters. Wahrscheinlich ging es um einen Kredit. Im hinteren Bereich des Kassenraumes unterhielten sich drei Bankangestellte über irgendetwas, während ein augenscheinlicher Azubi lustlos irgendwelche Belege sortierte. Paulson ging schnurstracks zu einem von zwei Geldautomaten, zückte seine EC-Karte und steckte sie in den dafür vorgesehenen Schlitz. Gleichzeitig überlegte der junge Mann, wie viel Geld er eigentlich von seinem Konto abheben wollte. Er entschied sich für einen Betrag von hundert Euro, da er heute Nachmittag noch unbedingt etwas im Baumarkt besorgen müsste. Bevor er seine Geheimzahl eingab, schaute er sich aus Gewohnheit um. Gerade betrat ein älteres Paar die Bank. Marc erkannte sie sofort. Es waren die beiden Leute, die vor kurzem von der Polizei kontrolliert worden waren. Der Mann wirkte wieder halbwegs gefasst, aber seine Ehefrau machte immer noch einen recht traumatisierten Eindruck. Während ihr

Ehemann sie beruhigte, indem er permanent auf sie einredete, nahm sie ein Papiertaschentuch, um sich die helle Schminke und das verlaufene Make-up aus dem Gesicht zu wischen. Obwohl Paulson immer noch Mitleid für die Frau empfand, musste er trotzdem lächeln, denn die vielen Tränen hatten aus ihrer Schminke letztendlich eine Kriegsbemalung werden lassen. So sah sie in Marc Paulsons Augen jetzt aus wie die verstoßene Schwester von Alice Cooper. Der junge Mann überlegte kurz das Paar auf die polizeiliche Maßnahme anzusprechen, ließ es dann aber. Schließlich ging es ihn ja auch wirklich nicht das Geringste an. In dem Moment, als Paulson die hundert Euro eingesteckt hatte und seine EC-Karte aus dem Automaten ziehen wollte, verpasste ihm irgendwer einen massiven Schlag in den Rücken. Marc strauchelte, fiel nach vorne und schlug mit der Stirn gegen die Maschine. Einen Moment lang sah er nur noch Sterne. Nur Sekunden danach riss ihn eine Person um, wonach er ohnmächtig zu Boden fiel. In seiner Bewusstlosigkeit sah er sowohl Alice Cooper als auch die gnadenlose Floristin und alle Mitglieder seiner Rockband in schneeweißen Katzenkostümen vor sich. Sollte die unscheinbare Dame mit dem Taschenmesser doch noch völlig eskaliert sein? Hatten die Polizisten etwa die Richtige aufs Korn genommen? Lief die Frau gerade Amok und er war der Erste, den sie erledigen wollte? Sein Kopf tat höllisch weh. Zudem hatte Paulson das Gefühl, mit offenen Augen zu träumen und nie mehr erwachen zu können. Diese Empfindung dauerte nur Minuten, aber nachdem er wieder das Bewusstsein erlangt hatte, kam ihm alles noch surrealer vor als in seinem fantasievollen Traum. Unter Schmerzen versuchte er aufzustehen, was allerdings misslang. Lautstark befahl ihm irgendwer irgendetwas, was er aber nur wie durch eine Wand aus Watte wahrnahm. »Los, beweg dich zu den da, … sonst mach ich dir Beine!« Marc krabbelte auf allen Vieren zu den anderen, die allesamt wimmernd auf dem Boden kauerten. »Verhaltet euch ruhig, macht keine Dummheiten, dann passiert euch nichts«, sagte eine andere Stimme, die um einiges tiefer war als die erste. Als Marc Paulson so bei den anderen Leuten saß, dauerte es nicht allzu lange, bis ihm bewusstwurde, in welcher Lage sie sich befanden. Er wollte doch nur schnell Geld abheben, um seiner Freundin den Rosenstrauß kaufen zu können, und nun waren er und die anderen tatsächlich Geiseln eines Banküberfalls. »Was für ein beschissener Tag«, dachte Marc, während ihn die Frau mit dem verlaufenen Make-up freundlich ansprach. »Hier … bitte nehmen Sie … junger Mann«. Vorsichtig schob sie ihr letztes Papiertaschentuch in seine Richtung. Mark versuchte zu lächeln, während er dankbar nickte. Als er das Taschentuch gegen seine Stirn drückte, sog es sich rasch voll Blut. Er musste sich wohl eine tiefe Platzwunde zugezogen haben. Das sah sicherlich nicht gut aus, sonst hätte ihm die nette Dame wohl nicht ihr letztes Taschentuch spendiert. Sein blutiges Gesicht war wohl doch mitleiderregender als verlaufende Augenschminke. »Haltet gefälligst die Schnauze!«, rief der Mann mit der dunklen Stimme. Wütend hielt er einen verchromten Revolver in Richtung der älteren Dame, die daraufhin beinahe gelassen lächelte. Paulson verstand diese Gefühlsänderung zuerst nicht. Vor kurzem hatte sich diese Frau doch noch von zwei Streifenpolizisten kirre machen lassen und nun war dieselbe Person die Ruhe selbst. Auch ihr Mann, der zitternd neben ihr saß, bemerkte das. Das alte Ehepaar schmiegte sich auf dem Boden aneinander und hielt Händchen. Nur dieses Mal war es die Frau, die ihren Mann beruhigen wollte. Vielleicht hatte sie sich schon so über die Aktion auf dem Marktplatz echauffieren müssen, dass sie heute nichts, aber auch gar nichts mehr aus der Fassung bringen konnte. Es wäre doch möglich, dass die adrenalingesteuerte Verzweiflung sich nun in Coolness umgewandelt hatte. Marc kannte dieses Gefühl. Als vor rund zwei Jahren seine Freunde und er nur mit viel Glück am Leben blieben. Irgendwann kam oder kommt der Punkt, indem der Stress, der Schock oder auch die lähmende Angst einfach ihre erdrückende Kraft verliert. Stattdessen verfallen dann manche Menschen in eine tiefe Lethargie, während andere ein trotziges Scheißegal-Gefühl entwickeln. Genau diesen Eindruck machte jetzt die Dame, die von ihrem Mann leise mit „Emmi" angesprochen wurde. Die Frau hatte sich mental um hundertachtzig Grad gedreht. Wenn Marc die Augen schloss, sah er in seiner Einbildung Oma Emmi, die mit einer Schrotflinte um sich schoss. Mit voller Kriegsbemalung und stoischer Ruhe hielt sie ihm in einer Gefechtssituation den Rücken frei. Doch diese Träumereien wurden abrupt unterbrochen. »Macht alle eure Taschen leer und werft die Telefone in die Mitte des Raums!« Der Räuber mit der tiefen Stimme hielt weiterhin die Geiseln in Schach, während der andere den Filialleiter bedrohte. »Mach gefälligst den Tresor auf. Wir wissen, dass der Geldtransporter heute Morgen erst da war. Los mach, sonst legen wir hier jeden Einzelnen um!« Marc Paulson musste grinsen, was aber beileibe nicht an der gefährlichen Situation lag. Es war die Fistelstimme des Räubers, der gerade den Bänker bedrängte, die ihn amüsierte. Mindestens eine Oktave höher dahingehaucht und alles andere als souverän. Diese Stimme hätte wohl mehr zu Monty Python oder einer Slapstickkomödie gepasst. Während Marc ein Kichern unterdrücken musste, flüsterte Oma Emmi beschwichtigend auf ihn ein. »Pst ... Reißen Sie sich gefälligst zusammen, junger Mann. Provozieren Sie die Räuber bloß nicht!«

Aber auch sie musste augenscheinlich ein Grinsen unterdrücken. Nun gut, für sein schräges Stimmchen konnte der Kerl nachvollziehbarerweise nichts. Ganz im Gegensatz zu seiner aktuellen Tat. Er ging mit dem verängstigten Filialleiter nicht unbedingt zärtlich um, sondern schlug irgendwann unvermittelt auf ihn ein. »Verarsch mich nicht. Da muss doch noch mehr sein. Warum kannst du verdammt noch mal den Safe nicht öffnen?«

Mister Falsett gingen langsam die Nerven durch. Wimmernd entgegnete der Bänker, dass man zwei Schlüssel für das Öffnen des Safes bräuchte und er nur den einen bei sich tragen würde. Seine Sekretärin Frau Beck hätte den zweiten, aber die wäre schon in die verlängerte Mittagspause, da sie laut ihrer eigenen Angabe noch etwas Wichtiges zu erledigen hätte. Nachdem er für diese Aussage wiederum eine Ohrfeige kassieren musste, begann der Geschäftsstellenleiter hemmungslos zu weinen. Dabei verdrehte der Räuber gelangweilt die Augen und flüsterte ihm ins Ohr. »Krieg dich gefälligst mal wieder ein, Memme! Benutz das Telefon und ruf sie an. Wir gehen nicht ohne die Kohle aus dem Safe! Sie soll gefälligst hier antraben und keine Tricks. Wenn du uns linken willst oder die Polizei rufst, gibt es hier ein Blutbad!«

Apropos Polizei; zur selben Zeit stellten zwei Ordnungshüter fest, dass sie wohl einen Verfahrensfehler begangen hatten. Keiner von beiden hatte das Corpus Delicti eingezogen und Fotos vom Taschenmesser hatte auch niemand geschossen. Durch diesen gravierenden Fehler bei der Beweisaufnahme konnten sie die Frau wohl nicht belangen. »So ein Bullshit, ich dachte, du hättest die Stichwaffe sichergestellt«, sagte der junge Kommissar. Seine etwa gleichaltrige Kollegin zog bei diesem Vorwurf nur verschämt die Achseln hoch. Doch keine drei Sekunden später hatte sie eine Eingebung. »Hör mal, Joe. Wir können die Sache noch ausbügeln. Das alte Pärchen war doch auf dem Weg zur Sparkasse. Wenn wir Glück haben, sind die beiden noch dort. Lass uns nachsehen, dann können wir die Sache abschließen.

Zwischenzeitlich stieg die Zahl der Geiseln rapide an. Jeder Bankkunde, der unverhofft das Geldhaus betrat, wurde ausgesprochen unfreundlich von einem Räuber begrüßt und mit vorgehaltener Waffe zu den anderen Gefangenen geschickt. Nun lagen alle flach auf dem Bauch, hatten auf Zuruf ihre Taschen geleert und ihre Mobiltelefone in die Raummitte geworfen. Der Bankräuber, der sie in Schach hielt, trat mit seinen schweren Stiefeln so lange auf alle Smartphones, bis sie splitterten, auseinanderflogen und definitiv nicht mehr zu gebrauchen waren. Marc lag nicht weit vom Ort des Geschehens. Er hielt sich schützend seine Hände vor den Kopf, um bei dieser Zerstörungsorgie nicht verletzt zu werden. Das Springen und Stampfen des Räubers; irgendwie erinnerte das Paulson an eine Märchenfigur und er brauchte auch nicht lange zu überlegen, an welche. »Rumpelstilzchen, ja genau«, dachte er, als er kurz nach oben sah. Dabei passte auch die Körpergröße, denn der Revolverheld mit der tiefen Stimme war recht klein und untersetzt. Somit war der Bandit das krasse Gegenteil zu seinem schlaksigen, dünnstimmigen Kollegen. Der wiederum hatte sich mit dem Filialleiter in dessen Büro zurückgezogen. Mit vorgehaltener Maschinenpistole ließ er den Bänker mit der Bankangestellten telefonieren. »Hallo Frau Beck. Wann können Sie denn wieder hier sein? Ich bräuchte Sie ganz dringend Vorort … Sie müssten für mich einspringen. Mein Vater ist schwer gestürzt und liegt im Krankenhaus. Sie verstehen?« Frau Beck, die in der Mittagspause ihren Tageseinkauf erledigt hatte und vor der Supermarktkasse wartete, verstand die Welt nicht mehr. »Herr Bommer, was reden Sie denn da? Ihr Vater ist doch schon vor drei Jahren verstorben!« Irritiert und konfus zahlte die Frau, um anschließend ihren halb vollen Einkaufswagen in Richtung Ausgang zu schieben. »Hallo, Herr Bommer, … Hallo, sind Sie noch dran?« Frau Beck wartete auf eine Antwort, stattdessen hörte sie aber nur einen dumpfen Knall, um daraufhin vor lauter Schreck ihr Mobiltelefon auf den harten Asphalt des Kundenparkplatzes fallen zu lassen. Wenn sie in diesem Moment auch noch die linke Hand geöffnet hätte, wäre ihr Einkaufswagen höchstwahrscheinlich in ein vorbeifahrendes Auto gedonnert. Insofern hatte sie Glück im Unglück jedoch ganz im Gegensatz zu Herrn Bommer, der mit einem Loch im Kopf langsam, aber leblos von seinem Chefsessel rutschte. Der Mann mit der rauchenden Uzi hatte trotz seiner humoristisch anmutenden Stimmlage keine Witze gemacht. Natürlich ahnte er, dass der Bänker seiner Kollegin eine unterschwellige Warnung zukommen lassen wollte. Daher hatte er mitgehört, aber wie blöde musste man sein? Keine zehn Sekunden später drückte er die Wahlwiederholung. »Hallo Frau Beck, kommen Sie nicht auf die Idee, die Polizei zu informieren. Sie bewegen ihren Hintern jetzt unverzüglich hierher, um mir den zweiten Tresorschlüssel zu bringen. Tun Sie das nicht, werde ich zuerst alle töten und anschließend auf ihre ganze Familie Jagd machen. Kommen Sie nicht auf irgendwelche dummen Gedanken! Seien Sie nicht so blöd wie Herr Bommer. Ach so, ... noch eine Sache ... durch Gespräche mit diesem schwachsinnigen „Helden" weiß ich, wo Sie wohnen und in welchen Kindergarten Sie ihre Tochter bringen. Also los ... und keine Spielchen!«

Dann war Totenstille. Frau Beck stand geschockt am Kofferraum ihres Wagens. Nach diesem Anruf, der offensichtlich von ihrer Arbeitsstelle kam, wäre ihr das Smartphone fast zum zweiten Mal aus der Hand gefallen. Wenn diese unangenehme Stimme sie von irgendwoher angerufen hätte, wäre sie sicherlich nicht so verunsichert gewesen. Wahrscheinlich hätte sie es für einen gemeinen Scherz gehalten, aber diese Forderungen und der merkwürdige Anruf von ihrem Vorgesetzten machten ihr den Ernst der Sache klar. Dann setzte bei ihr das schlechte Gewissen ein. Unter normalen Umständen hätte Frau Beck cleverer auf den Anruf ihres Bosses reagiert. Sie hätte die offensichtliche Lüge als Hilferuf erkennen müssen, anstatt darauf nicht einzugehen, aber der Anruf kam einfach im falschen Moment. Frau Beck warf ihre Lebensmittel einfach in den Kofferraum, ließ den Einkaufwagen dort stehen, wo er stand, und brauste vom Parkplatz. Nachdem sie auf der Querstraße fast einen Fahrradfahrer übersehen hatte, bremste sie ihren Wagen ab, um ein paar Minuten am Fahrbahnrand zu verschnaufen. Zitternd kramte sie im Handschuhfach nach einer Zigarettenpackung und einem Feuerzeug. Sie verstand nach den ersten drei Lungenzügen, dass sie nicht völlig kopflos zur Bank fahren dürfte. Wenn diese dünne, bösartige

Stimme recht mit alldem hatte, war auch ihre Tochter in Lebensgefahr.

Zur gleichen Zeit, als Frau Beck ihre Lungenflügel schädigte, betraten Jessica und Joseph die Sparkasse. Die Suche nach der mutmaßlichen Täterin war von Erfolg gekrönt, wenn auch völlig anders, als es die beiden Ordnungshüter erwartet hatten. Sobald sie den Schalterraum betraten, blickten sie ungläubig in den Lauf eines großkalibrigen Revolvers. Beide Bankräuber hatten auf sie angelegt, wobei „Rumpelstilzchen" weitaus nervöser wirkte als sein schlaksiger Kollege. Ohnehin erschien die Fistelstimme um einiges abgeklärter, was sich durch den eiskalten Mord an Herrn Bommer nur bestätigte. Damit hätten die beiden Polizisten definitiv nicht gerechnet. Es sollte wohl alles andere als ein entspannter Dienst werden. Sofort wurden die Ordnungshüter entwaffnet und mussten sich zu den anderen Geiseln setzen. Der etwas zu kurzgeratene Räuber, den Marc an jene besagte Märchenfigur erinnerte, hatte bald keinen Überblick mehr. Er hatte zwar nur die Aufgabe Schmiere zu stehen und die Geiseln während des Raubes in Schach zu halten, aber laufend kamen neue hinzu. Laut Aussage seines Komplizen sollte dieser Bankraub doch ein Kinderspiel werden. Schnell rein, die Kohle erbeuten und schnell wieder raus. Stattdessen mussten sie nun auf den zweiten Schlüssel warten und nichts passierte. Vielleicht sollten sie sich mit den Moneten, die sie im Kassenraum erbeutet hatten, einfach zufriedengeben. Rumpelstilzchen war zwar nicht die hellste Kerze auf der Torte, aber er ahnte, dass dieser Bankraub zum Scheitern verurteilt war. Fast schien es, als wollte sein Kollege dieses Scheitern geradezu heraufbeschwören. Nun, da sie auch noch zwei Polizisten gekidnappt hatten, würde die Motivation ihrer zukünftigen Jäger noch beträchtlich steigen. Obwohl man den kleinen untersetzten Räuber durchaus als intellektuell bescheiden oder auch kognitiv eingeschränkt bezeichnen konnte; saublöd war Rumpelstilzchen sicher nicht. So griff er sich eine Tasche mit Bargeld und ging mit dem Revolver in der Hand in Richtung Ausgang. »Hey, wo willst du hin, Idiot?« Der Mann hinter ihm versuchte seiner Stimme Lautstärke und Dominanz zu verleihen, aber das misslang. Der Räuber wurde fuchsteufelswild, als er seinen Komplizen flüchten sah. Ohne mit der Wimper zu zucken, stellte er seine Maschinenpistole auf Dauerfeuer und betätigte den Abzug der Waffe. Die Uzi ließ sich nicht lange bitten. Mindestens acht Schüsse durchsiebten Rumpelstilzchen, bevor er nach draußen gelangen konnte. Vollkommen kaltblütig tötete der Bankräuber seinen Helfer, ohne auch nur auf irgendeine Rechtfertigung oder Antwort gewartet zu haben. Circa zwanzig Geiseln lagen vollkommen eingeschüchtert auf dem Boden, hielten sich mit beiden Händen die Ohren zu und bewegten sich keinen Millimeter. Ein erwachsener Mann, der ungefähr drei Meter von Marc entfernt lag, hatte sich bei dem Geballer glatt in die Hose gemacht. Auch die beiden Polizisten lagen bewegungslos auf dem Bauch und hielten die Luft an. Vor der Sparkasse ertönten zwischenzeitlich Sirenen. Frau Beck würde nicht kommen. Ihre eigene Sicherheit und die ihrer Familie waren ihr definitiv wichtiger als die Leben, die in der Bank auf dem Spiel standen. Daher hatte sie den Notruf gewählt. So würde sich schon ein Einsatzkommando um ihren Erpresser kümmern, der dann für sie und die ihren keine Gefahr mehr darstellen würde. Insgeheim hatte der Erpresser damit gerechnet, obwohl er doch mit Einschüchterung versucht hatte ihren Schlüssel zu bekommen. Marc Paulson, der wie alle anderen Gefangenen schon eine gefühlte Ewigkeit auf dem Steinboden lag, war zwar weder Psychiater noch Psychologe, aber er schätzte den Bankräuber vollkommen richtig ein. Dem schlaksigen Mann mit der unverkennbaren Stimme ging es schon lange nicht mehr nur ums Geld. Vielmehr genoss er die pure Macht gegenüber den Menschen, die er gefangen hielt und bedrohte. Mister Falsett oder kurz gesagt die Fistelstimme war ein pathologischer Psychopath, der höchstwahrscheinlich schon seit seiner Kindheit gehänselt wurde. Genau dafür wollte er sich jetzt und hier an der Menschheit rächen. Vollkommen empathielos betrachtete er sich seine Geiseln, während der Lauf seiner Maschinenpistole demonstrativ in ihre Richtung zeigte. »Ene, mene muh und raus bist du!« Dieser dahingeflüsterte Kinderabzählreim ließ seine Gefangenen in zusätzliche Panik verfallen. Fast jeder wimmerte, klagte oder weinte. Eigentlich alle außer Emmi, Marc und den beiden Polizisten. Dem Geiselnehmer gefiel das gar nicht, denn schließlich sollten doch alle vor ihm zittern. Nachdem sich draußen vor dem Bankhaus ein Einsatzkommando in Stellung gebracht hatte, verstummten auch die Polizeisirenen. Die Jalousien waren heruntergelassen und boten den Ordnungshütern keine gute Sicht nach drinnen. Da die Polizei nicht die geringste Ahnung hatte wie viele Räuber und Geiseln sich in der Sparkasse befanden, wollten sie zuerst einmal das tun, was in einem solchen Fall zu tun war. Das hieß, dass Deeskalationsmaßnahmen und Verhandlungen oberste Priorität hatten. Schließlich waren laut Zeugenaussagen schon mehrere Schüsse gefallen, insofern war besondere Vorsicht geboten. Um seiner Kaltschnäuzigkeit Nachdruck zu verleihen, musste der Kriminelle ein Zeichen setzen. Das Sondereinsatzkommando und alle da draußen mussten erkennen, dass er keine Spielchen machte. »Hey du da, steh auf und geh im Gänsemarsch zur Tür!« Erst wollte der Bankräuber

sich dafür eines Polizisten bedienen, aber das Risiko, dass einer von denen ihm nach draußen entwischte, konnte er nicht eingehen. Schließlich hätte ihm das nur geschadet. Er musste die Polizei, solange es nur ging im Unklaren lassen. Also forderte er die Seniorin dazu auf. Emmi gehorchte auch und erhob sich langsam. Allerdings hielt ihr Mann immer noch ihre Hand, jammerte und wollte sie nicht gehen lassen. »Lass nur Arthur, ich komme gleich wieder. Das verspreche ich. Halt mir nur meinen Platz frei.« Lächelnd und ohne jegliche Angst trippelte Emmi vor dem Räuber her. Dabei machte sie sich keine Gedanken, was im schlimmsten Fall passieren könnte. Zur Sicherheit hatte der Verbrecher ihr ein Stück Seil um den Hals gewickelt. Wie ein Herrchen der seinen Hund Gassi führt. Sie mussten sogar über Rumpelstilzchens Leiche steigen, die sein Mörder aber mit mehreren Fußtritten aus dem Weg räumte. Kurz bevor sie am Ausgang ankamen, griff der Bankräuber die betagte Frau an den Schultern. »Los, mach die Tür auf und dann keine Bewegung!« Alle paar Sekunden schaute sich der Gangster um. Wenn nur eine der Geiseln in dieser Situation den Helden spielen wollte, wäre diese Handlung wohl seine letzte gewesen.
Langsam zog Emmi am Griff, während sich der Türspalt fortwährend vergrößerte. »Das reicht. Jetzt halt dir die Ohren zu; Oma!« Kurz danach brach die Hölle los. Der Bankräuber schoss den Lauf

seiner Uzi rotglühend. Die Projektile schlugen überall ein. Polizeiwagen wurden durchlöchert. Außenspiegel, zerborstenes Glas und ein Blaulicht flogen durch die Gegend, aber wie durch ein Wunder wurde keiner der Beamten verletzt. Zurückschießen … Fehlanzeige, denn beide Scharfschützen hatten kein freies Schussfeld und da Oma Emmi als menschlicher Schutzschild herhalten musste, ließen die zwei Spezialisten Gott sei Dank den Finger gerade. Dann schloss sich die Eingangstür wieder und der schlaksige Räuber schob die Seniorin grob vor sich her. »Bin stolz auf dich, Omi. Jetzt mach es dir wieder bei deinem Mann gemütlich. Übrigens wenn er dich nervt, wäre jetzt die Gelegenheit. Da du so schön mitgespielt hast, hast du was gut. Wenn du möchtest, könnte ich dich hier und heute zur lustigen Witwe machen.« Diese kraftlose, hohe Stimme, die sich hinter der Katzenmaske beschwerlich herausdrängte, wurde von einem gespenstischen Lachen abgelöst. Emmi, die ältere Dame, schüttelte daraufhin nur den Kopf, während sie sich wieder zu ihrem Mann gesellte. Marc, der daneben saß, klopfte Emmi anerkennend auf die Schulter. Diese Frau hatte in seinen Augen wirklich Eier. Dem Bankräuber war dieses Schulterklopfen nicht besonders genehm. Gerade als er überlegte, wann ihm denn mal irgendjemand voller Anerkennung auf die Schulter geklopft hatte, klingelte das

Telefon im Büro des erschossenen Filialleiters. »Los du da, steh auf und geh ran. Sag denen da draußen, dass hier fünf schwerbewaffnete Räuber sofort dreißig Geiseln killen, wenn sie nicht das tun, was wir verlangen. Sie sollen genau in einer Viertelstunde wieder anrufen. Für weitere Anweisungen. Kein verdammtes Wort mehr! Wenn du denen etwas anderes erzählst, stirbst du! Verstanden?« Marc Paulson stand vom Boden auf und versuchte zu nicken. Allein davon kamen seine Kopfschmerzen zurück. Trotzdem ging er ins verglaste Büro, nahm das Telefon und folgte den Anweisungen des Bankräubers. Dabei musste er wirklich achtgeben, weder über Herrn Bommers Leiche zu stolpern, noch in dessen Blutlache auszurutschen. »Braver Junge«, bemerkte der Räuber nur. »Jetzt setzt dich wieder zu den anderen, entspann dich und warte ab. Ich werde jetzt einen Wunschzettel schreiben, den du Wort für Wort vorliest, wenn sich die Bullen wieder melden.« Um die Angst seiner Gefangenen erneut anzuheizen, sah Mister Falsett nach jedem Einzelnen. Marc und Emmi konnten sich halbwegs sicher fühlen, aber was war mit den anderen? Das Polizistenpärchen hatte sich neben Emmi und Marc fallenlassen. Sie hofften inständig auf die Befreiung durch ihre Kollegen. Beide waren zumindest so schlau, nicht den Helden spielen zu wollen. Als der Schwerverbrecher einen nach dem anderen anstarrte, war es fast so wie früher in der Schule. Wenn die Schüler die Fragen des Lehrers nicht beantworten konnten, hätten sie ihm auch nicht selbstbewusst in die Augen sehen können. Fast alle sahen lethargisch zu Boden. »Hey du«, der Mann mit der Katzenmaske hatte jemanden ganz bestimmten im Blick. »Was stinkt hier denn so? Hast du dir etwa vor lauter Angst in die Hose geschissen?« Der Geschäftsmann mit Anzug und Krawatte vermied jeden Blickkontakt, nickte aber verschämt, um dann jämmerlich zu weinen. »Verdammter Feigling. Sowas will ein Mann sein. Pass auf, da ich kein Unmensch bin, hast du die Wahl. Du kannst uns hier weiterhin stinkend Gesellschaft leisten oder aber auch einfach nach draußen marschieren, um dir von den Bullen ne frische Hose spendieren zu lassen. Was wählst du?« Als der Anzugträger zitternd aufstand, mischte sich Marc Paulson leise ein. »Bleiben Sie doch hier, Mensch«. Doch der Mann reagierte nicht auf Marcs Bitte. Stattdessen murmelte er irgendetwas von Familie und dass er dringend nachhause müsste. Der Geiselnehmer kicherte daraufhin und deutete Paulson mit seinem ausgestreckten Zeigefinger an, sich da bloß rauszuhalten. Der Mann mit der Katzenmaske, die irgendwie an Hello-Kitty-Cat erinnerte, machte eine ausladende Handbewegung, als der unpässliche Krawattenträger an ihm vorbei in Richtung Ausgang humpelte. Dann ging alles furchtbar schnell. Der Bankräuber nahm eine der beiden Polizeipistolen, entsicherte sie und drückte ab. Ungläubig zuckten alle zusammen. Alle, wenn man von Marc und dem Geiselnehmer absah. Marc Paulson hatte den Mann noch zu warnen versucht. Es war doch klar wie Kloßbrühe, dass die Falsettstimme keine Geisel laufenließ. Damit hätte er sich doch selbst aller Chancen beraubt. Dank Mister Anzugträger wäre sein Bluff innerhalb weniger Sekunden aufgeflogen, sobald die Heulsuse auch nur irgendeinen Kontakt mit den Gesetzeshütern dort draußen gehabt hätte. Sie sollten und mussten ruhig weiter an mehrere Bankräuber und eine Vielzahl Geiseln glauben. »So Junge, du ziehst den feigen Scheißer nun gefälligst ins Freie. Dann verpestet er uns zumindest nicht mehr die Luft. Wenn du nicht sofort wieder reinkommst, bist du für ein Blutbad verantwortlich, aber das weißt du ja. Wie heißt du überhaupt, Junge?« »Marc«, sagte der nur einsilbig und tat, was von ihm verlangt wurde. Sobald der junge Mann die geschwärzte Tür öffnete, sah er das polizeiliche Aufgebot. Irgendjemand schrie in seine Richtung, aber das Risiko darauf zu reagieren, war zu groß. Nachdem er die Leiche nach draußen gezogen hatte, musste er wieder zu den anderen. Plötzlich blitzte etwas vor ihm auf und einen Moment lang war Marc vollständig geblendet. Es dauerte einige Sekunden, bis Paulson realisiert hatte, dass es keine Blendgranate, sondern ein simples Blitzlicht war. Kein Wunder, denn außer dem SEK und diverser Polizeikräfte waren auch ganze Heerscharen von Fotografen und Medienleuten am Ort des Geschehens. Wahrscheinlich wurde dieser Bankraub auch noch im TV übertragen. Sobald Marc wieder im Kassenraum stand, kam der Bankräuber wütend auf ihn zu. »Hey, Bürschchen, das hat gedauert. Hast du denen irgendetwas gesagt?« Marc Paulson schüttelte nur den Kopf, der immer noch wehtat. »Nein, sicher nicht, aber da draußen ist die Hölle los und beim Reingehen hat irgendjemand ein Foto von mir gemacht!« Der Bankräuber lachte unter seiner Maske. Er hatte mittlerweile drei Leute erschossen und es hätte ihm auch nichts ausgemacht, diese Zahl zu erhöhen. Mit dem bekannt dünnen Stimmchen flüsterte er ironisch in Paulsons Richtung. »Dann bist du jetzt berühmt, mein Junge! Heutzutage dauert es nicht lange, dann haben sie dich identifiziert. Wahrscheinlich stehen in Kürze deine Eltern dort draußen und bitten mich inständig, dass ich dich doch verschonen soll! Mal sehen.« Wieder drängte ein widerwärtiges Kichern durch die Katzenmaske. »Sicherlich nicht«, dachte Marc, als er sich wieder neben Emmi und die anderen setzte. Seine Eltern mussten sich nicht mehr um ihn sorgen, denn schließlich waren sie seit Jahren tot, aber seine Schwester Carin käme sicherlich hierher, wenn sie nicht bereits ohnehin vor Ort war.

Emmi, die ältere Dame, die immer noch die Hand ihres Gatten hielt, schaute abwechselnd zu Paulson und den beiden Polizisten. Sie mochte den jungen Mann, der genauso ruhig und unerschrocken war wie sie selbst. Die beiden Ordnungshüter, die sie kontrolliert und gemaßregelt hatten, waren ihr gelinde gesagt ziemlich egal. Trotzdem blieb sie höflich und lächelte aufmunternd dann und wann in ihre Richtung, worauf die junge Polizistin ihren Blick genervt abwandte. Fast vorwurfsvoll verzog die junge Frau darauf das Gesicht. Emmi verstand das nicht, denn schließlich hatte sie die beiden Ordnungshüter ja nicht in die Bank gelockt. Die junge Beamtin mit dem blonden Pferdeschwanz schaute kurz danach zur Raummitte und dann kam sogar ein leichtes Lächeln über ihre dezent geschminkten Lippen. Dort nur drei bis vier Meter von ihr entfernt lagen allerlei Utensilien, die die Geiseln früher ihr Eigen nannten. Rumpelstilzchen, das mausetot an der gegenüberliegenden Wand lehnte, hatte vor ein paar Stunden doch penibel darauf geachtet, dass jeder einzelne seine Taschen leeren musste. So lag dieser Krimskrams dort auf einem lieblosen Haufen. Sogar Oma Emmis Taschenmesser, das sie nun endlich sicherstellen konnte. Der Kommissar ahnte, was seiner karrieregeilen Partnerin keine Ruhe ließ. Der Beamte sah zu ihr hin und schüttelte warnend den Kopf. Davon ließ sich das Auge des Gesetzes aber nicht beeinflussen. Allein aus diesem Grund waren die beiden Polizisten doch hier. Sie brauchte das Corpus Delicti, um Emmis Straftat später auch beweisen zu können. Vorsichtig robbte die junge Frau ein paar Meter nach vorn. Der Bankräuber war momentan dabei, eine andere Geisel zu verängstigen, und sah nicht zu ihr rüber. Marc blickte ungläubig zu der umherkriechenden Beamtin. Selbst Oma Emmi wusste absolut nicht, was der jungen Frau in diesen Sekunden durch ihren hübschen Kopf ging und hielt vor Anspannung die Luft an. »Pst … Pst, Jessy, lass das! Komm gefälligst zurück! Spinnst du?« Ihr Kollege, der brav an Ort und Stelle liegenblieb, flüsterte unentwegt beschwörend auf sie ein. Doch wie magisch angezogen griff sie nach dem kleinen Messer. Triumphierend hob sie es vom Boden auf, bis ihr jemand auf die Hand trat, um ihr mit einem zweiten Tritt den Unterarmknochen zu brechen. Jessica schrie vor Schmerzen. Sicherlich so laut, dass das auch ihre Berufskollegen außerhalb der Bank mitbekommen haben mussten, aber auf kollegiale Hilfe konnte sie derzeit nicht hoffen. Nahezu außer sich riss der Mehrfachmörder die Beamtin zurück, wobei er das kleine Taschenmesser erst einmal wegkickte, um es später doch aufzuheben.

»Blöde Kuh, wolltest du mich etwa damit atta-ckieren?« Der Bankräuber begann höhnisch zu lachen, während er mit dem Teil vor dem Gesicht der verletzten Polizistin herumfuchtelte. »Dafür sollte ich dich einfach umlegen«, flüsterte die dünne Stimme. Dabei hielt er der jungen Frau noch seine Maschinenpistole an den Kopf. So fest, dass die Mündung der Waffe einen kleinen, gut sichtbaren Kreis an ihrer Stirn hinterließ. »Es ist nicht so, wie Sie meinen«, entgegnete Jessica mit schmerzver-zerrtem Gesicht, aber der Bankräuber kicherte nur. »Na klar, … nicht so wie ich meine. Ha Ha Ha … meinst du, dass du mich verarschen kannst? Noch so eine Aktion und ich lege nicht nur dich, sondern auch deinen Bullenpartner um. Verstanden?« Jessica schaute zu Boden und nickte nur, während ihr die Tränen übers Gesicht liefen. Ihr Kollege reagierte mitfühlend, aber gleichzeitig auch verständnislos. Als der Bankräuber sich wieder anderen Gefangenen zuwandte, flüsterte Joe seiner Kollegin leise etwas ins Ohr, was sie aber nicht richtig verstand. »Ach halt doch die Fresse«, entgegnete sie ihm nur. Demonstrativ rückte sie etwa einen Meter von ihm weg. Zumindest so weit, dass sie nun eine Armlänge Abstand hatte.

Ungefähr eine Minute später klingelte erneut das Telefon. »Los Junge, geh ran und lies genau das vor, was ich für die da draußen aufgeschrieben habe. Alle Forderungen müssen erfüllt werden, sonst gibts weitere Tote!« Marc Paulson stand ungelenk auf; sein rechter Fuß war eingeschlafen. Humpelnd ging er zum Telefon, um den erwarteten Anruf entgegenzunehmen. Doch kurz bevor er abhob, rief ihm der Schwerverbrecher noch etwas hinterher. »Noch was ... sie sollen uns gefälligst etwas zu essen liefern. Mittlerweile habe ich einen Bärenhunger. Bestell am besten Pizzen. Salami, Thunfisch, Schinken ... die Bullen sollen uns 35 Pizzen vor die Tür stellen. Stopp ... für mich aber nichts mit Fleisch, Wurst oder Fisch. Ich will ne große Käsepizza ...Quattro Formaggi oder so. Verstanden?« Paulson nickte nur und nahm den Anruf entgegen. Mister Falsett hatte ihm befohlen den Lautsprecher zu aktivieren, damit er nichts Falsches sagen konnte. Kaum hatte er die Stimme des Anrufers wahrgenommen, begann sein Herz wie wild zu pochen. Es war seine Schwester Carin, die ihn anrief. Logischerweise hatte die Polizei ihn anhand des draußen geschossenen Fotos identifiziert. Aufgeregt begann Marc die vielen Forderungen des Bankräubers vorzulesen. »Nicht so nervös. Reden Sie langsam junger Mann. Mein Name ist Carin Sister und ich werde nun ihre Forderungen entgegennehmen. Reden Sie bitte langsam und deutlich. Irgendetwas schallert hier. Es klingt wie eine Rückkopplung. Hallo, ...Verstehen Sie mich?« Geistesgegenwärtig spielte Paulson mit, denn er wusste, was seine Schwester damit bezweckte. »Sister«, dachte er und grinste leicht. »Genau Schwesterlein, mal schauen, ob du auch immer noch zwischen den Zeilen lesen kannst«, sinnierte Paulson. Dann ging es an die Essensbestellung. Wieder pfiff und krachte es angeblich so, dass Marc Paulson kurzzeitig den Lautsprecher abstellen musste. Die Fistelstimme bekam das sehr wohl mit und konzentrierte sich auf jedes einzelne Wort. »Wie viele … Pizzen?«, fragte die Polizistin erneut. »35 … mit Salami, Thunfisch und Schinken. Verstanden?« Der hungrige Räuber verzog beim Zuhören das Gesicht. Allerdings war das unter der Katzenmaske aus Latex versteckt. »Und eine große Käsepizza, verdammt noch mal!«, motzte der Gangster aus dem Hintergrund. »Eine einzige Quattro Formaggi, bitte! Die besten gibt's übrigens in der Hotzplotz-Straße!« »Okay verstanden! Ich werde mich um alles kümmern. Ich melde mich, sobald wir das Essen liefern können. Bitte bleiben Sie ruhig«. Dann legte die Kriminalrätin auf. Ihr Bruder Marc hatte ihr soeben wertvolle Informationen gegeben. So konnten sie und ihre Kollegen den Zugriff inklusive der Geiselbefreiung weit besser planen. Es waren keine fünf, sondern lediglich ein einzelner Gangster, der sich in der Sparkasse aufhielt. Die Hotzplotzstraße benannt nach dem Räuber Hotzenplotz aus der bekannten Geschichte von Otfried Preußler, gab es tatsächlich. Allerdings befand sich dort keine Pizzeria, sondern nur ein paar Wochenendhäuser und das städtische Tierheim. Auch das wussten Carin und ihr jüngerer Bruder nur zu gut. Als Kinder hatten sie dort oft Räuber und Gendarm gespielt. Selbst damals wollte jeder der beiden zu den Guten gehören. Aber ideenreich war Marc, das musste sie ihm lassen. Natürlich sorgte sie sich um ihn, aber bisher hatte er sich doch bestens geschlagen. Schließlich war er clever und all das, was er ihr über seinen desaströsen philippinischen Bandauftritt erzählt hatte, ließ sie auch in dieser Situation auf einen guten Ausgang hoffen.

Nun, da alle Forderungen gestellt waren, hieß es warten. Der Gangster überlegte sich sein Vorgehen, während sich Marc wieder zu Oma Emmi, ihrem Mann, den Polizisten und all den anderen setzen musste. Der Bankräuber, dem sprichwörtlich der Magen in den Kniekehlen hing, wusste, dass es nach dem Essen Zeit war zu verschwinden. Dabei war es nicht nur der Hunger. Vor dem Finale beanspruchte er selbst diese Henkersmahlzeit und für den einen oder anderen seiner Gefangenen würde es auch eine solche werden. Der Schwerverbrecher wusste, dass die Chancen für eine erfolgreiche Flucht nicht allzu hoch waren. Ganz im Gegenteil, je länger er wartete, desto schlechter waren seine Aussichten, aber umso mehr konnte er die Angst seiner Gefangenen auskosten. Wenn die Gesetzeshüter ihn letztlich schnappen würden, wäre es schlicht und ergreifend völlig egal, ob er für seine Morde einmal oder zehnmal lebenslänglich bekäme. »Wegen mir tausendmal lebenslänglich«, dachte er. Aber das war ihm der Spaß definitiv wert. Denn er liebte den ganz großen Auftritt und wusste, dass er die Macht hatte, viele Unschuldslämmer mit einem großen Knall in den Tod zu reißen. »Je mehr, desto besser«, sinnierte er. Dabei dachte er an die Anzahl der Toten, die ihm einen vorderen Platz in der Kriminalitätsgeschichte einbringen würden. Nach dem letzten Bissen seiner Quattro Formaggi würde er seine Katzen-Maske in aller Ruhe ablegen, damit er die Angst der verzweifelten Geiseln ohne jegliche Sichtbeeinträchtigung vollends auskosten konnte. Das wäre gewissermaßen sein ganz spezieller Nachtisch. Kein Schokopudding, Eis oder Kuchen, sondern kaltblütige Exekutionen. Oh ja, Mister Falsett oder auch die Fistelstimme war nicht nur ein pathologischer Psychopath, sondern auch ein Sadist, zu dem selbst der Marquis de Sade ehrfurchtsvoll aufgesehen hätte. Aber leider dürfte er sie nicht alle umbringen. Eine oder maximal zwei Geiseln würden allerdings ausreichen, um seine Flucht durchführen zu können. Nach der Henkersmahlzeit und sobald der geforderte Wagen vor der Sparkasse bereitstand. Dann aber wurde der Schwerverbrecher abrupt aus seinen Überlegungen und Träumen gerissen. »Entschuldigung, aber der Mann dort schwitzt, zittert und stammelt irgendwas. Er braucht dringend Hilfe!« Marc zeigte auf Oma Emmis Ehemann, der eben einen Krampfanfall bekam. »Bitte helfen Sie, mein Mann ist Diabetiker und sichtlich unterzuckert. Wenn wir nichts tun, wird er bewusstlos und sterben. Bitte machen Sie was«, flehte die Seniorin. Marc Paulson überlegte kurz und wusste dann genau, wie er helfen konnte. Die Tafel Schokolade, die er unter solchen Mühen erworben hatte, konnte nun Leben retten. Schließlich lag sie immer noch in der Mitte des Raums unter einer Vielzahl von anderen Gegenständen. Sobald Paulson seine Bitte an den Gangster gerichtet hatte, ging der Mann mit der Katzenmaske auch dorthin. Mit seinen Füßen schob er einiges an dahingeworfenem Krimskrams lieblos zu Seite, bis er die edle Schokolade fand. Währenddessen betrachtete er die junge Polizistin und konnte nicht anders, als sie hämisch anzusprechen. »Na da siehst du mal. Wenn man mich lieb bittet … Hahaha. Hättest du mich nett gefragt und dich nicht unerlaubterweise von deiner Gruppe entfernt, wäre dein rechter Arm noch heil … Hahaha.« Darauf sah Jessica ihn nur hasserfüllt an, aber als er die Uzi in ihre Richtung bewegte, hypnotisierte sie doch lieber den Fußboden. Nun betrachtete sich der Bankräuber die Süßigkeit. »Verflucht, das ist doch diese neue Schokolade, über die momentan so viel erzählt wird. Vor allem ist diese angebliche Köstlichkeit nicht überall zu kriegen, oder?« Nahezu generös und theatralisch zugleich schritt der Gangster auf seine Gefangenen zu. Mit einer großzügigen Geste hielt er dem kollabierenden Mann die Tafel praktisch vor die Nase, doch als seine Ehefrau danach greifen wollte, zog er seine Hand wieder zurück und kicherte. Das machte der Räuber noch ein paar Mal, während Emmi ihn doch anflehte, die Schokolade endlich herauszugeben, aber der Mann mit der Katzenmaske lachte nur. Es machte ihm sichtlich Spaß, andere leiden zu sehen. Je stärker die Verzweiflung und je größer die Hoffnungslosigkeit, desto mehr Glückshormone durchströmten seinen Körper. »Verdammt Leute, wo bleibt die Pizza. Ich muss jetzt was essen!« Schließlich riss er die Verpackung auf, brach sich eine Rippe Schokolade heraus und ging langsam ein paar Schritte rückwärts. Dann drehte er sich schnell um, schob die Maske etwas nach oben, um es sich schmecken zu lassen. Das tat es scheinbar auch, denn sobald er das erste Stückchen im Mund hatte, wollte er mehr. In Windeseile hatte er die ganze Tafel verputzt und es dauerte einige Zeit, bis er seine Maske wieder richtete, um sich danach zur Gruppe umzudrehen. »Lecker … das Beste, seit es Schokolade gibt«. Mister Falsett kicherte, kurz bevor er einen Warnschuss abgab. Joe, der junge Kommissar, war zwischenzeitlich vorsichtig aufgestanden, um an seine Dienstwaffe zu kommen. Allerdings hatte der Räuber die Waffen auf einen Tresen im hinteren Kassenbereich abgelegt. Dazu befand sich keine einzige Kugel darin, weder in den Magazinen noch in den Patronenlagern. Das wusste der Polizist natürlich nicht. Einen Moment lang überlegte er, nach seiner Waffe zu greifen, doch als er ein Projektil in der Decke über ihm einschlagen sah, besann er sich Gott sei Dank eines Besseren. So trottete er desillusioniert zurück zu den anderen, um sich leise stöhnend wieder hinzusetzen. Wenn Blicke töten könnten. So schlug dem Bankräuber von allen Seiten purer Hass und Verachtung entgegen. Emmis Mann zuckte und zitterte noch mehr als zuvor, während seine Frau ihn liebevoll umarmte. Dann klingelte das Telefon erneut. Das ausgemachte Zeichen, dass die Essensbestellung geliefert worden war. Vor der Tür türmte sich ein Haufen noch dampfender Pizzen in ihren Kartons. Alle schauten zu dem Mann mit der Katzenmaske. Wer von ihnen sollte die Hefeteigfladen wohl hereinholen? Marc betrachtete den Geiselnehmer eingehend und wartete auf seinen Befehl, doch der ließ sich unerwartet Zeit. Aus dem ausgeschnittenen Mundwinkel des Katzenkopfes tropfte eine grünbraune, dickflüssige Brühe. Als Paulson diese Rinnsale wahrnahm, musste er unwillkürlich an jemanden denken, der sich mit einer vollen Babywindel den Mund abgewischt haben musste. Höchstwahrscheinlich waren Fistelstimmes Augen wohl größer als sein Schnabel. Marc überlegte sich, ob seine Schwester Carin die speziell gewünschte Käsepizza wohl präparieren ließ. Vielleicht ein starkes Sedativum oder ein schnell wirkendes Schlafmittel. Wahrscheinlich war das doch keine so gute Idee, zumindest dann, wenn einer der Gefangenen den Vorkoster für Mister Falsett spielen müsste? Alle diese Fragen drehten sich schnell und immer schneller in Paulsons Kopf, als der Bankräuber ihn zu sich winkte. »Los Junge, hol unser Abendessen rein. Die da draußen kennen dich ja schon und du weißt ja … keine Tricks, sonst schieße ich hier alles über den Haufen!« In Marcs Ohren wirkte der Gangster noch kraftloser als sonst. Der Bankräuber flüsterte jedes einzelne Wort so leise, dass er nur Abendessen und keine Tricks verstand. Außerdem stellte Marc Paulson nun ein leichtes Zittern bei seinem Gegenüber fest. Paulson vermutete, dass der Räuber langsam auch ein wenig müde wurde. Denn schließlich war das hier alles andere als ein Kindergeburtstag und die permanente Anspannung und Konzentration mussten auch bei einem hartgesottenen Gangster irgendwann ein gewisses Maß an Erschöpfung auslösen. Natürlich stand auf keinem einzigen Karton, was drin war. So stellte Paulson die Pizzen vor seinen Mitgefangenen ab, um nach und nach die Sorte respektive den Pizzabelag zu überprüfen. Da keine der Geiseln ungefragt aufstehen durfte, spielte Marc die Bedienung. Es dauerte eine ganze Zeit, bis Paulson alle Pizzen übergeben hatte. Kurioserweise stellten die Leute in dieser Situation auch noch Ansprüche und beschwerten sich über den teilweise kläglichen Belag. »Zuwenig Schinken, die Salamischeiben zu klein«. All das musste sich der achtundzwanzigjährige Behelfskellner anhören, obwohl weder er noch irgendein Bekannter diese Teigfladen zubereitet hatte. Selbst Emmis Mann ging es wieder etwas besser. Seine Ehefrau fütterte ihn vorsichtig mit Schinkenstückchen. Während der Essensausgabe achtete absolut niemand auf ihren Aufpasser. Der Gangster hatte sich an die gegenüberliegende Wand gesetzt. Abwechselnd starrte er nun zu seinen Geiseln und seiner gewünschten Quattro Formaggi. Sobald er die Pizza intus hatte, würde das Grande Finale beginnen. Wer würde wohl am meisten schreien, bevor er ihm oder ihr das Leben nahm. Wie ein Wolf, der eine Herde eingezäunter Schäfchen betrachtet. Welches Schaf müsste wohl als Erstes daran glauben? Der Mörder erinnerte sich an das Messer in seiner Hosentasche, fingerte es heraus und schnitt damit seine Pizza in vier gleichgroße Teile. Beinahe lustlos nahm er ein Stück davon in die Hand, um daran zu riechen, aber der Duft von zerlaufenem Käse löste beinahe einen Würgereflex bei ihm aus. Eigentlich hatte er gar keinen Hunger. Nach dem blitzschnellen Verzehr dieser Tafel Schokolade fühlte er sich mehr als gesättigt. Dann ging alles furchtbar schnell. Der Gangster begann zu zittern und gleichzeitig stark zu schwitzen. Sein Herz pochte wie wild und er begann alles verschwommen zu sehen. Sein Mund fühlte sich trocken und feucht zugleich an, während ihm hochgewürgte Schokolade samt Pistaziencreme am Gaumen klebte. Dem Räuber ging es schlagartig schlecht, aber er wusste auch, dass er hier keine Schwäche zeigen durfte. Er setzte die Katzenmaske nicht ab und hoffte, dass dieser Anfall in kurzer Zeit wieder vorbei wäre. Als Kind hatte er ähnliche Anfälle gehabt. Daran konnte er sich noch vage erinnern. Diese Aussetzer hatten auch eine Ursache, aber was es genau war, hatten die Ärzte damals nicht feststellen können. Nur das es irgendwie mit seiner Ernährung zu tun hatte und er bestimmte Nahrung nur schlecht vertrug. Der Bankräuber drückte seinen Rücken fest gegen die Wand und hielt sich selbst die Hände, um die Zuckungen zu überspielen. Da es definitiv nicht besser, sondern immer schlimmer wurde, stieg auch sein Paniklevel an. Seine derzeitige Wehrlosigkeit würde er nicht mehr lange geheim halten können. Sobald seine Gefangenen merkten, dass er nicht mehr in der Lage war, sie zu drangsalieren, verletzen, geschweige denn zu töten, würden sie rachsüchtig über ihn herfallen. Das war ihm vollkommen klar. Damit genau das nicht passierte, müsste er sie alle noch über den Jordan schicken. Der Psychopath versuchte nicht allzu sehr zu zittern, als er nach seiner Maschinenpistole griff. Als er die Waffe anheben wollte, fühlte sie sich tonnenschwer an. Die ahnungslosen Menschen, die schmatzend ihre Pizzen genossen, hatten immer noch keine Ahnung vom Zustand ihres Peinigers. »Los Gregor … einfach abdrücken … Feuerstoß und ich schicke sie alle zum Teufel!« Das waren die letzten dahingehauchten Worte von dem schlaksigen Mann mit Katzenmaske, bevor er leblos in sich zusammensackte. Ein paar Sekunden zuvor hätte ihn nur noch eine mit Schwung in den Oberschenkel gerammte Adrenalinspritze retten können. Denn nichts anderes als ein anaphylaktischer Schock hatte final einen Atem- und Kreislaufstillstand zur Folge. Auf irgendetwas in der Schokolade musste der Räuber extrem allergisch reagiert haben. Ob es nun die Schokolade an sich, die Pistaziencreme oder auch das Engelshaar war. Jedenfalls hatte ein körperfremdes Protein eine massive Abwehrreaktion seines kompletten Immunsystems ausgelöst. Eigentlich spielte das Wie und warum für die Anwesenden keinerlei Rolle. Im Endeffekt war die Fistelstimme tot und genau das rettete sie alle.

Ein paar Minuten später torkelten, wankten und schlurften circa zwanzig Menschen aus der Sparkasse. Angeschlagen, aber erleichtert halfen und stützten sie sich gegenseitig, so gut es eben ging. Oma Emmi, ihr Ehemann und Marc Paulson waren die Letzten, die nach draußen kamen. Die anwesende Polizei und die Rettungsdienste gaben sich alle Mühe, einen guten Job zu machen. Das Erste, was Paulson vor dem Bankhaus sah, war seine Schwester Carin, die nahezu erlöst auf ihn zulief. »Verdammt Marc, was hatte ich eine Angst um dich. Ich hab den Zugriff immer wieder aufschieben lassen, aber in spätestens einer halben Stunde hätten die SEK-Leute den Laden gestürmt. Wer weiß, was alles noch passiert wäre; wie viele Menschen noch erschossen worden wären. Dieser Irre ist also einfach nach einem Herzinfarkt umgefallen? Ach Bruder, du glaubst gar nicht, wie froh ich bin!« Carin drückte Marc, so fest sie nur konnte, um ihm zudem noch einen dicken Schmatzer auf die Wange zu drücken. Der Acht-undzwanzigjährige stellte sich unterdessen vor, wie dieser SEK-Zugriff wohl abgelaufen wäre, und bekam daraufhin so etwas ähnliches wie Schüttelfrost. Eine eingetretene Tür und Rauch- oder Blendgranaten? Wie viele Tote es bei diesem Zugriff wohl gegeben hätte?

Der skrupellose Dreifachmörder mit seiner Uzi-Maschinenpistole wäre sicherlich vollends eskaliert. Doch Gott sei Dank kam es nicht dazu. Erleichtert bedankte Paulson sich, als seine Schwester ihm eine Zigarette anbot. Während beide rauchten, kamen zwei Polizisten an ihnen vorbei. Kommissar Joe nickte seiner Vorgesetzten freundlich zu, während die notdürftig verarztete Kommissarin Jessica sie keines Blicks würdigte. »Diese arrogante Bitch! Diese Kollegin passt einfach nicht ins Team. Keiner möchte mit ihr arbeiten, weil sie alles besser weiß. Im Endeffekt ist sie nur eine hohle, empathielose, karrieregeile Nuss; eine unkollegiale Denunziantenschlampe, die für eine Beförderung über Leichen geht! Der gute Joe wird das auch noch einsehen.«, flüsterte die Kriminalrätin nur und grinste dabei. »Ich glaube, das hat er schon«, entgegnete Marc lachend. Obwohl der Achtundzwanzigjährige es aussprach, konnte er nicht wissen, dass er damit recht behalten sollte.

Nachdem sich sprichwörtlich der erste Rauch verzogen und die letzten Geiseln das Bankgebäude verlassen hatten, war Jessica sofort wieder zurück in die Sparkasse gerannt, um bei dem toten Mörder das zu finden, was sie ursprünglich dorthin geführt hatte. Noch war dieser Tatort jungfräulich. Bevor die ersten Kollegen absperrten und absicherten, suchte sie das Beweisstück. Die junge Kommissarin hatte doch mit eigenen Augen gesehen, dass der Bankräuber damit seine Käsepizza in Stücke geschnitten hatte. Jessica schaute sich hektisch um, wobei ihr blonder Haarzopf von einer Richtung zur anderen schaukelte. Der tote Bankräuber trug immer noch seine Katzenmaske. Einen Moment lang wollte Jessica Gewissheit, wer sich dahinter verbarg, aber sie ekelte sich vor dem grünbraunen Schleim, der unter der Latexverkleidung hervorquoll. Da lag dieser sadistische Freak nun nur einen Meter von seiner Maschinenpistole entfernt. Verdammt, warum fand sie das Taschenmesser nicht? Sie musste doch nur im direkten Umfeld des Bankräubers suchen, um mit Sicherheit fündig zu werden. Doch es war nicht da. Es war einfach nicht zu finden. Nervös überlegte die junge Frau, wo sie jetzt noch suchen könnte. Von ihrem Kollegen Kommissar Joseph K. genannt Joe, konnte sie in diesem Fall keine Hilfe mehr erhoffen. Ihr Partner hatte sich nur bereit erklärt, draußen auf die pedantische Kommissarin zu warten. Wenn Jessica dieses Beweisstück unbedingt brauchte um die nette Frau, sprich Oma Emmi wegen eines waffenrechtlichen Verstoßes belangen zu können, wollte er damit absolut nichts zu tun haben. Der junge Kommissar war zwar sehr teamfähig, aber irgendwo musste Schluss sein. Außerdem hatte er die betagte Dame zwar nicht unbedingt ins Herz geschlossen, fand sie aber zumindest couragiert und sympathisch. Also ließ er Jessica allein wursteln und überlegte sich, dass es wohl besser wäre, demnächst mit einem anderen Partner Dienst zu schieben. Während Joe sich vor der Bank Gedanken machte, untersuchte Jessica sogar die Hosentaschen des Toten, allerdings auch ohne Erfolg. Dabei vergaß sie sogar, sich ihre blauen Latexhandschuhe überzuziehen, um sich im Nachhinein darüber zu ärgern. Dann schrie sie wütend los. Das Taschenmesser konnte sich doch nicht in Luft aufgelöst haben. Für sein Verschwinden konnte es nur eine simple Erklärung geben. Verdammt; irgendjemand musste es vorhin mitgenommen haben. »So etwas Niederträchtiges!«, dachte sie in dem Moment, als ein Berufskollege ungläubig auf sie zukam. »Was haben Sie denn verflucht noch mal hier zu suchen? Schon mal was von Kontamination gehört?« Der Mann von der Spurensicherung, der sich gar nicht mehr beruhigen konnte, notierte Jessicas Dienstnummer, bevor er sie nach draußen schickte. »Dieses unprofessionelle Verhalten wird Folgen für Sie haben, das können Sie mir glauben!«, war das Letzte, was der Mann Jessica noch mit auf den Weg gab.

Dass die junge Kommissarin das Beweisstück nicht sicherstellen konnte, hatte einen simplen Grund. Kurz bevor Oma Emmi, ihr Ehemann und Paulson die Sparkasse verlassen hatten, zeigte die ältere Dame noch auf das unmittelbar neben dem toten Bankräuber liegende Taschenmesser und bat Paulson inständig, es ihr doch zu bringen. Marc Paulson reagierte, griff es, säuberte es notdürftig und überreichte es ihr dann. Emmi bedankte sich daraufhin bei Marc und steckte das Teil wieder in ihre Handtasche. Paulson wusste natürlich, dass sich das kleine Schweizeroffiziersmesser vor kurzem noch im Besitz der netten Frau befunden hatte. Hätte sie ihn stattdessen gebeten, ihr die Maschinenpistole von Mister Falsett zu bringen, hätte er wohl nicht gehorcht. Spaß beiseite, aber warum oder zu welchem Zweck sollte ihr Eigentum auch hier liegen bleiben?

Eine ganze Zeit danach standen Paulson und seine Schwester immer noch vor dem Bankhaus. Fast alle Rettungswagen, die meisten Polizeiautos und auch das SEK waren wieder abgerückt. Bevor das Ehepaar in einen Krankenwagen stieg, rief Oma Emmi Marc Paulson noch etwas zu, was der aber schlichtweg nicht verstehen konnte. Bei all dem Durcheinander, dem Motorenlärm und der daraus resultierenden Geräuschkulisse war das nun auch kein Wunder. Trotzdem wusste Marc, was sie meinte, und winkte dankbar zurück. Mittlerweile waren auch die polizeilichen Absperrungen entfernt worden. So konnten Passanten wieder ihrer Wege gehen. Sicherlich liefen auch noch neugierige Leute mit gezückten Smartphones in der Gegend herum, aber spätestens in ein paar Tagen würde sich keiner mehr an dieses Kapitalverbrechen erinnern. Es geschah einfach zu viel und wer konnte schon ahnen, was der nächste Tag oder auch nur die nächsten Stunden an Katastrophen und Terror bringen würden.

Marc stand immer noch neben seiner Schwester, als ihn jemand von hinten fest umarmte. Erst erschrak er ziemlich, um Millisekunden später überaus begeistert zu sein. Seine Freundin Gabrielle gab ihm einen langen Kuss. Er spürte, dass sich diese zärtliche Liebesbekundung vollkommen anders als sonst anfühlte. Dieses tiefe Gefühl der Erleichterung und das Ende der Angst um ihn ließen diese Handlung noch viel intensiver wirken. »Gott sei Dank ist dir nichts passiert, mein Liebling«, flüsterte sie Marc ins Ohr, bevor ein paar Meter weiter laut geklatscht und gejohlt wurde. Gabrielle hatte ihre ganze Geburtstagsgesellschaft im Schlepptau. Doch das war noch nicht alles. Plötzlich standen auch noch seine Freunde auf der Matte. Stefan, Andy und Frank rannten auf ihn zu, klopften ihm wild auf die Schulter und bombardierten ihn mit tausend Fragen. »Später Jungs, lasst mich zuerst mal Luft holen.« Das war gar nicht so einfach, vor allem deshalb, weil sein Bandkollege Stefan Teiler ihm ein eiskaltes Bier reichte. Dankbar nahm Marc die Flasche, um einen großen Schluck zu nehmen. Postwendend wollte eine Polizeistreife daraufhin einschreiten, aber Carin ließ es dazu keinesfalls kommen. Auch in einer solchen Situation war es definitiv von Vorteil, eine Kriminalrätin dabei zu haben. Mit den Worten: »Liebe Kollegen, das hier ist ein Ausnahmefall. Kontrolliert gefälligst jemand anderen!«, hatte Marcs Schwester die Sache schnell und gütlich geregelt. »So, jetzt geht aber alle wieder nachhause. Die „Hurra-ich lebe noch-Party" ist zumindest hier vorbei. Vielleicht geht ihr einfach sonst wo feiern, bevor ihr von irgendwelchen Kollegen dann doch noch eine Anzeige wegen Ruhestörung, Herumlungern oder was auch immer aufgebrummt bekommt. Ich für meinen Teil muss jetzt jedenfalls ins Präsidium.« Carin verabschiedete sich von allen, lachte und bat ihren Bruder, sie doch bitte spätestens morgen früh anzurufen. »Lasst uns bei mir daheim weiterfeiern!«, bemerkte Gabrielle kurz darauf und alle gingen schnurstracks zu ihren Autos, um auf dieses verlockende Angebot eingehen zu können. Auf der anschließenden mitternächtlichen Geburtstagsparty hatte Marc Paulson nach dem dritten Bier ein sogenanntes >Deja Vue<. Zumindest war er sich ganz sicher, dieses Mädchen schon einmal irgendwo gesehen zu haben. Es wollte ihm einfach nicht einfallen, also fragte er seine Freundin Gabrielle, denn die sollte es ja eigentlich wissen. »Hör mal Schatz, wer ist denn das Mädchen dort hinten?« »Meine Nichte Isa, wieso? Sie ist aber definitiv zu jung für dich und hat nur Flausen im Kopf«, erklärte Gabrielle ihrem Freund lachend. Marc überlegte, was er dazu sagen sollte, ging aber auf dieses provokante Necken nicht ein. »Sie hat mir übrigens ein Geschenk gemacht, von dem sie dachte, dass es mich vor Freude aus den Latschen kippen lässt. Isa ist schon ne Süße, wenn auch manchmal ein bisschen verpeilt und nicht besonders Ladylike, aber so ist sie halt«. Paulson sinnierte immer noch. »Sorry, dass ich kein Geburtstagsgeschenk für dich habe. Ich war dabei es zu besorgen, als … naja, du weißt schon.« Gabrielle kicherte, bevor sie Marc küsste. »Du Spinner, klar weiß ich das, aber aufgeschoben heißt bekanntermaßen nicht aufgehoben, aber du weißt ja, dass ich auf großartige Geschenke gar keinen Wert lege.« Daraufhin küsste Marc Paulson seine Freundin erneut. »Apropos Isa, … das muss ich dir erzählen. Meine Nichte hat mir doch tatsächlich eine Tafel dieser überteuerten Schokolade geschenkt. Dafür musste das arme Ding heute Morgen stundenlang anstehen. Natürlich find ich so was extrem lieb, aber soll ich dir mal was sagen. Vorhin hab ich mal eine Rippe davon probiert. Gewissermaßen als Nervennahrung, bevor wir alle zu dir gefahren sind. Diese angebliche Köstlichkeit schmeckt mir ganz und gar nicht. Viel zu süß und klebrig. Nur gut, dass wir für diese Schokolade nicht anstehen mussten. Man sollte sich halt weder von irgendwelchen Influencern noch von der allgemeinen Hysterie anstecken lassen, aber dafür sind wir beide ja auch nicht blöd genug, oder?«

Marc wusste nun, dass ihm eine ungezogene Familienangehörige in den Nacken geniest hatte. Nun ja … Vergeben und Vergessen! Er würde Gabrielles Nichte wohl kaum darauf ansprechen. Aber er musste schlucken, als ihm zwei Dinge bewusstwurden. Zum einen hatte er seine Freundin und deren Wünsche wieder einmal falsch eingeschätzt. Zum anderen sollte man keinesfalls glauben, dass permanente Werbung oder eine clevere Marktstrategie die Menschen glücklich machen kann. Auch ihn hätte dieser Denkfehler durchaus das Leben kosten können. Schlussendlich wäre er ohne diese dubiose Schokolade wahrscheinlich nie in einen Bankraub geraten, bei der die besagte Süßigkeit sowohl die Ursache als auch die Lösung war. ***

Danke für Ihre Aufmerksamkeit.
Oliver J. Petry / Mai 2025

Werbung & Leseprobe:

ISBN: 978-3756896714 (auch als E-Book
erhältlich)

Story:

Der Brandsachverständige und ehemalige Legionär Jean Sarre wird zu einer Unfallstelle gerufen und entdeckt bei der Untersuchung des Autowracks, dass es sich keinesfalls um einen Unfall, sondern um einen Brandanschlag gehandelt hat. Dies ist der Anfang zu einer Ermittlung, die immer größere Ausmaße annimmt.

Dabei ergibt sich aus der Mitwirkung eines nicht immer sehr bemühten Kriminalinspektors, eines korrupten Bauunternehmers, mehrerer Kleinkrimineller, eines gewissenlosen Arztes und hinreißender Frauen eine explosive Mischung!

Im fahlgelben Scheinwerferlicht wirkten die Serpentinen zwischen Roses und Cadaques irgendwie unwirklich und weitestgehend gefahrlos. Kein Wunder, schließlich konnte man bei Dunkelheit nur schwer erkennen, dass es stellenweise fast siebzig Meter in die Tiefe ging. Der Fahrer der großen, silbernen Limousine war so gut gelaunt wie schon lange nicht mehr und aus dem Autoradio ertönte melodische Rockmusik.

Er hatte es endlich geschafft und hatte nun Geld genug, um sich für immer absetzen zu können. Jetzt musste er nur noch seine Geliebte abholen und dann nichts wie raus aus Spanien.

„Irgendwie verdammt romantisch, fast wie bei Shakespeare!", dachte er sich grinsend und drehte - Liquid Love- noch eine Idee lauter.

Gerard Brieaux war ein Mann Ende dreißig, bei dessen Anblick das weibliche Geschlecht oftmals in Verzückung geriet. Der gepflegte, südländische Typ mit dem schulterlangen, pechschwarzen Haar verkörperte durchaus das „Latin-Lover"-Klischee und wurde oft auf seine frappierende Ähnlichkeit mit dem Schauspieler Antonio Banderas angesprochen.

Ohne dieses Kapital hätte es Gerard die letzten Jahre auch sehr schwer gehabt. Die Arbeit als investigativer Journalist hatte nicht so funktioniert, wie er sich das vorgestellt hatte und als Fotograf war auch kein großes Geld zu verdienen.

Vor zwei Jahren hatte er sich noch als Paparazzo durchgeschlagen.

Doch dann unterlief ihm ein folgenschwerer Fehler, der ihn auch in diesem Metier disqualifizierte.

Damals stellte er in Barcelona einer Hollywood-Diva nach und ließ sich dann blödsinnigerweise von deren Double aufs Glatteis führen. Später kam er nicht umhin, sich ab und an von ein paar wohlhabenden Damen aushalten zulassen, denn schließlich musste sein Lebensstil ja auch finanziert werden.

Da bekanntlich Kleider Leute machten und der sportlich ambitionierte Gerard selten Geld in der Tasche hatte, ließ er sich von gut situierten und zugleich unbefriedigten Frauen einkleiden, damit die ihn anschließend wieder entkleiden konnten ... ***

Werbung & Leseprobe:

ISBN 9783744895415 (auch als E-Book &
<u>Hörbuch</u> erhältlich)

Wie an jedem einzelnen Tag schaute er traurig durch die Gitterstäbe zur anderen Hofseite. Allerdings nahm seine Hoffnungslosigkeit noch zu, da sein bester Freund seit gestern, weder in Sicht- noch in Hörweite war. Vor ungefähr vierundzwanzig Stunden hatte er Poldis Bellen zum letzten Mal vernommen. Bruno war am Verzweifeln. Wahrscheinlich, weil er bis heute nicht verstand, dass sein menschliches Rudel ihn einfach im Stich gelassen hatte. Vor einem halben Jahr brachte ihn sein Besitzer wortlos hierher, und nachdem sich die schwere Zwingertür hinter Bruno schloss, drehte sich sein Herrchen einfach um und ging. Zuerst dachte der Hund, dass sein geliebter Mensch ihn nach kurzem Warten, bestimmt wieder mitnehmen würde, aber da täuschte er sich gewaltig. Dabei hätte er doch sein Leben für seine Familie gegeben. Der große Rottweiler-Rüde war überaus respekteinflößend, aber von seinem Naturell her äußerst unproblematisch, sensibel und sanft wie ein Lämmchen. Niemals hatte er irgendwelche Aggressionen gezeigt, und selbst das Menschenkind konnte damals in seinen Fressnapf greifen, ohne dass er auch nur eine Lefze hochgezogen hätte. Ganz im Gegenteil, er bewachte das Kleinkind selbstverständlich. Genauso wie er auch auf alle anderen Mitglieder seines Rudels hingebungsvoll aufpasste.

Alles war gut damals, nur seiner Herrin, die von seinem Herrn meistens „Anita" gerufen wurde, war er seit Hundegedenken ein Dorn im Auge. Laufend beschwerte sie sich über ihn. Seine pure Anwesenheit störte die Menschenfrau, und wenn sie sich wieder einmal mit seinem Herrn stritt, hörte er oftmals seinen Namen heraus. Meistens beendete sein Herrchen diese hitzigen Diskussionen, indem er sich einfach von seiner Gattin abwandte, die Leine nahm und mit ihm eine kurze Gassi-Runde ging. Während dieser Spaziergänge fühlten sich beide gut. Dann streichelte der Mensch immer seinen breiten Hundekopf, und murmelte ihm leise etwas zu. Bruno liebte diese Augenblicke, weil er genau dann eine tiefe Verbindung zu seinem Rudelführer fand.

Die Menschenfrau ließ wirklich kein gutes Haar an ihm. Apropos Haare, auch darüber beschwerte sie sich bei seinem Herrn, der daraufhin nur seine Schultern hochzog. Bruno machte in ihren Augen alles falsch, er brachte Schmutz ins Haus, sein Speichelfluss war zu stark, und er lag immer dort, wo Anita gerade aufputzen wollte. Bruno konnte ihren Unmut ihm gegenüber, jeden Tag aufs Neue wittern. Er blieb für die Frau ein Störfaktor, und Anita würde keine Ruhe geben, bis sie ihren Mann davon überzeugt hätte, ihn endlich wegzuschaffen. Aber noch setzte sich der Rudelführer durch, noch musste der Rottweiler weder draußen schlafen noch änderte sich sonst irgendetwas an seinem entspannten Hundeleben. Die Menschenfrau begann dann auch irgendwann frech zu lügen, nur um einen Keil zwischen Bruno und sein geliebtes Herrchen zu treiben. So rief Anita ihren Ehemann einmal schluchzend an, um ihm theatralisch mitzuteilen, dass Bruno sie aus heiterem Himmel in den Kopf gebissen hätte. Während sie im Blumenbeet arbeitete, hätte der Rottweiler sie unverhofft angefallen. Als der Mann am späten Nachmittag von einer Weiterbildung nachhause kam, und sich die schwere Verletzung anschauen wollte, fand er Anita völlig aufgelöst vor. Allerdings konnte er absolut keine Blessur an ihr feststellen. Er fand nicht den kleinsten Kratzer. Mit den Worten: „Ich lüge nicht, ich lüge doch nicht!", stürmte sie weinend an ihm vorbei, um sich im Bad anschließend, stundenlang einzuschließen. Brunos Herrchen wusste, dass seine Frau mit seinem Rottweiler ihre Probleme hatte, aber er hoffte inständig, dass sich das irgendwann legen würde. Schließlich war es doch heutzutage von Nutzen einen Wachhund im Haus zu haben. Aber um auch diesen Vorteil zu entkräften, ließ Anita einfach eine Alarmanlage installieren, ohne mit ihrem Mann im Vorfeld darüber geredet zu haben.

Dann kam dieser heiße Sommertag, der für Bruno alles ändern sollte ... ***

Werbung & Leseprobe:

ISBN: 9783757828981 (Auch als E-Book erhältlich)

Buchbeschreibung:

Fast zwei Jahre, nachdem Jean und seine Kameraden ein verbrecherisches Netzwerk in den Pyrenäen zerschlagen konnten, versucht der Antiheld nun, ein weitestgehend angepasstes Familienleben in der spanischen Metropole Barcelona zu führen. Das ändert sich abrupt, als seine Freundin wegen eines Trauerfalls nach Irland reisen muss.

Nachdem Elena sich nicht mehr meldet, macht sich der ehemalige Fremdenlegionär Jean Sarre auf die Suche. Dabei kommt er einer IRA-Splittergruppe in die Quere, die für den Karfreitag einen weltbewegenden Terroranschlag plant. Obwohl diese brutale Bande auch nicht davor zurückschreckt, ihre Feinde lebendig zu begraben, sollte es zumindest mit heiliger Hilfe und irischer Magie möglich sein, die Gerechtigkeit am Ende doch siegen zu lassen.

„Irish Disaster" ist mehr als ein Mystery-Thriller. Der Roman ist auch eine Hommage an Dublin, Galway und Salthill, an frisch gezapftes Guinness und feinen irischen Whiskey. Die „Grüne Insel" hat ein ganz besonderes Flair. Ich wünsche Ihnen, dass Sie dieses zauberhafte Fleckchen Erde auch einmal besuchen dürfen.

Sobald Jean Sarre den Triumphbogen hinter sich gelassen hatte, fühlte er sich frei. Ähnlich ging es auch dem kleinen Terrier, der unbedingt von der Leine wollte. »Lucy bei Fuß!« Das Kommando war zwar kurz und prägnant, aber die Ablenkung durch herumsitzende Vögel ... riesengroß. Die Jagdterrierhündin begann abwechselnd zu bellen und zu knurren, woraufhin die Tauben panisch davonflatterten. Ausschimpfen oder Maßregeln brachte bei dem zweijährigen deutschen Jagdterrier in diesem Moment ohnehin nichts. Jean lächelte und verbuchte es einfach mal unter jagdlicher Passion. Eine Dame, die ungefähr fünfzehn Meter weiter auf einer Parkbank gesessen hatte, sah hingegen nicht so glücklich aus. Wie jeden Morgen fütterte sie „ihre Vögel", aber schon wieder vertrieb dieses kleine schwarz-braune Biest ihre besonderen Lieblinge. Zu allem Überfluss, hatten ihre gefiederten Freunde, sie vor lauter Schreck, auch noch eingekotet. Die Señora, mit der seit neuestem weiß gefleckten, aber vormals roten Bluse schimpfte wie ein Rohrspatz. Sarre winkte ihr überaus freundlich zu. Er sah Lucy an und flüsterte: »Dann soll sie sich halt morgen vorsichtshalber eine weiße Bluse anziehen!«

Die beiden steigerten nun ihr Schritttempo. Lucy und er wurden erst langsamer, als sie gut und gerne hundert Meter

...ı der tobenden Person aufgebaut hatten. Einige ...ıanach kamen Jean und seine Hündin an einem ...ößeren Teich vorbei. Darauf paddelte ein Paar ziemlich unbeholfen in einem kleinen Ruderboot. Ein Mädchen konnte sich nicht für eine Richtung entscheiden, während ein junger Mann ihr mit ausufernden Gesten irgendwelche Anweisungen zu geben schien. Weiter hinten saßen drei Typen auf der Wiese unter einem Baum. Zuerst unterhielten sie sich lautstark. Vor Ihnen lag der Inhalt einer Frauenhandtasche. Scheinbar hatten die Räuber ihre Beute bereits geteilt, denn einer steckte ein paar Geldscheine ein, ein anderer begutachtete ein Smartphone in einer pinkfarbenen Hülle, und der dritte entsorgte gerade die rotbraune Tasche in einer nahen Hecke. Dann tranken sie gemeinsam aus einer Schnapsflasche und rauchten. Der Wind trieb den süßlichen Qualm in Sarres Richtung. Als Lucy etwas davon abbekam, musste sie lauthals niesen. Einer der drei Männer machte eine abwertende Handbewegung, um Sarre damit anzudeuten, dass er wohl besser rasch verschwinden sollte. Der Mann mit dem kleinen Hund wurde daraufhin weder langsamer noch schneller. Er ging einfach im gleichen Tempo weiter. Es war ein schöner Frühlingsmorgen in Barcelona und Jean wollte nur gemütlich mit seinem Hund im „Parc de la ciutadella" spazieren ... *** ◐J℗

ISBN: 9783759705303

(Auch als E-Book erhältlich)

1
ALIVE

0
DEAD

1 and 0
ALIVE and DEAD